「ハアッ！」
シャーロットは初手に続けて猛烈な速さで
カンカンカンカン！と打ち込んでいく。
シモンは表情を変えずに様子見で受け止めていたが、
内心では驚いていた。

シモン
王国の精鋭部隊
『白鷹隊』に
所属する精悍な美丈夫。
朝の鍛錬中に
シャーロットと知り合い、
徐々に交流を深める。
シャーロット
両親を捜すために
森を出て王城で
働き始めた新米侍女。
多種多様な技能を持ち、
その美貌と相まって
注目を集める。

スザンヌ
シャーロットの友人兼同僚で
衣装係の縫製担当者。
理想のドレスを作るなど衣装に
対するこだわりや
造詣が深い。
レオ
王城で最近働き始めた
庭師の青年。
何故かシャーロットの
動向に目を
光らせており――。
オレリアン
好奇心旺盛な
ランシェル王国の第一王子。
朝の稽古を
のぞき見したことで
シャーロットに
興味を抱く。

「ピチット、あなたに王子様が会いに来てくださったわよ」
オレリアンの腕を伝い、ピチットが肩に止まる。
そこでピョイピョイと何度も嬉しそうに飛び跳ね、
最後に王子の耳元で
『チチチッ、ツーツーピーツーピー』と歌った。

上
シャーロット
～とある侍女の城仕え物語～
著＝守雨 Syuu イラストレーター＝月戸 Tsukito
Charlotte
First Volume

口絵・本文イラスト　月戸

Charlotte

Contents

First Volume

第一章　両親を待つ日々

シャーロットは、毎日雄鶏《おんどり》の鳴き声で目が覚める。

鶏小屋《とりごや》は使用人が寝起《ねお》きする区域に近く、王族の居住区域からは遠い。鶏《にわとり》を王城の敷地《しきち》内《ない》で飼うことになったのは卵好きだった前王陛下のご希望だ。

（起きなきゃ）

今日と明日は連休だ。休みは月に一回だが、女性は偶数月《ぐうすうづき》に、男性は奇《き》数月《すうづき》に二日間の連休が貰《もら》える。

シャーロットは二段ベッドの上の段から梯子《はしご》を使って静かに床《ゆか》に下りた。裸足《はだし》で踏《ふ》む床《ゆか》板《いた》の冷たさにブルッと震《ふる》え、一気に目が覚めた。

着ていた寝間着《ねまき》をするりと脱《ぬ》いで、次々と服を重ね着する。靴下《くつした》は綿の物と毛糸の物を重《かさ》ね履《ば》き。脱いだ寝間着はきちんと畳《たた》んで自分のベッドに置いた。

かがんで短いブーツに足を入れ、足首までキュッと紐《ひも》で締《し》める。

ダークブロンドの髪《かみ》をひとつに縛《しば》り、毛糸のマフラーを巻いた。最後に濃《こ》い灰色の外套《がいとう》に袖《そで》を通し、肩掛《かたか》けカバンに頭と右肩《みぎかた》を通した。

同僚《どうりょう》を起こさないようにドアを開け、廊下《ろうか》に出てからゆっくりとドアを閉める。

ドアが閉められる静かな音を聞いて、同室の少女たちが身じろぎをした。

「今月も行ったのね」

「うん。毎月毎月、見ている私の方が泣きたくなる」

「もう諦《あきら》めればいいのに。その方が楽になるのに」

「仕方ないわよ、それはシャーロットが決めることよ」

三人はそう小声で囁《ささや》き合い、それぞれが小さくため息をついてまた布団《ふとん》を顔まで引っ張り上げた。


シャーロットは廊下を走った。足音がしないように足裏の前半分だけを使って走っている。使用人たちの眠《ねむ》りを妨《さまた》げないように、でもできるだけ速く走る。

厨房《ちゅうぼう》のドアを開けると暖かい空気と一緒《いっしょ》に湯気とパンの焼ける匂《にお》いが溢《あふ》れ出てくる。

「料理長、行ってきます。明日の夕食までには戻《もど》ります」

「おう。気をつけてな。そこに朝飯を置いておいたぞ」

「いつもありがとうございます！」

入り口脇《わき》の背の低い戸棚《とだな》の上に、茶色の袋に入ったお弁当が置いてあった。それを肩掛けカバンに丁寧《ていねい》に入れ、ペコリと頭を下げて、ドアを閉めた。

建物の北側にある使用人用出入り口を開けて、外に出る。外はまだ真っ暗だ。

鶏小屋では雄鶏たちが次々にコケコッコォォォー！　と叫《さけ》んでいる。雄鶏は毎日、日の出の二時間前には鳴き始める。彼《かれ》らは朝の訪《おとず》れを知らせているのではなく、危険な夜を無事に生き延びられた喜びを叫んでいるのだそうだ。鶏小屋の世話係のおじいさんが、そう教えてくれた。

お弁当を入れた肩掛けカバンが揺《ゆ》れないように左手で押《お》さえ、早足で歩く。

森の実家まで普通《ふつう》に歩けば何時間もかかる。だがシャーロットの早足だともっと短い時間でたどり着くことができる。

早足で歩いていると、寒さを感じる暇《ひま》もなく身体が温まってくる。マフラーを外してカバンに入れ、シャーロットは歩き続ける。おなかが空《す》いてきたが、お弁当は家に着くまで手を付けない。もしかしたら両親が帰って来ているかもしれないからだ。

「もしおなかを空かせていたら、すぐにこれを食べてもらおう」

帰って来ていたなら、両親はきっと長旅で疲《つか》れているだろう。掃除《そうじ》をしてお湯を沸《わ》かして、お茶を淹《い》れて、肩揉《かたも》みもしてあげよう。貯《た》めているお給金で何かお菓子《かし》でも買ってくれば良かったかもしれない。

想像しているうちにだんだん足が速くなる。道は石畳《いしだたみ》から土の道へ、土の道から草の生えた道へと変わっていく。

やがて草だらけの道は細くなり、森の中の少し開けた場所にシャーロットの家が見えた。煙突《えんとつ》から煙《けむり》が出ているのを見て、胸が驚《おどろ》きと喜びでギュッと締め付けられた。走って近寄ろうとして、途中《とちゅう》で足を止めた。ドアの前の落ち葉が堆《うずたか》く集まったままなのに気づいたからだ。

几帳面《きちょうめん》な両親なら、まずこの落ち葉を掃《は》いてからくつろいだはず。もしかしたらよそ者が入り込《こ》んでいるのかも知れない。

足音を消しながら迂回《うかい》して家の裏側に回り込み、壁《かべ》に耳をくっつけた。

(何も音がしない……)

油断せずに壁に沿って進み、ホコリで曇《くも》った窓ガラスから室内を覗《のぞ》き込んだ。暖炉《だんろ》の前に外套にくるまって眠っている見知らぬ男がいた。

窓からそっと離《はな》れ、どうしたらいいか考える。

あの男は武器を持っているだろうか？　このまま町まで戻って警備隊を呼んだ方がいいだろうか？　だが警備隊はここまで来てくれるかどうか自信がない。

「空き家の警備までできない」と言われたら？

こういう場合に警備隊がどう対応してくれるものなのか、わからなかった。でも、あの男に居付かれたら困る。自分がいない時に両親が帰ってくるかもしれないのだから。

裏の物置きには古い木剣《ぼっけん》が入れてある。使い方も習っている。鍛錬《たんれん》も忘れずにやってきた。シャーロットは勇気を出して木剣を取りに行き、手に持って玄関《げんかん》へと向かった。

「よし」

シャーロットは玄関に向かい、勢いよくガバッとドアを開け、叫んだ。

「出て行って！　ここは私の家よ！　出ていかないと痛い目に遭《あ》わせるわ！」

ドアを開けて叫ぶ前に、寝転《ねころ》んでいた男は既《すで》に飛び起きてナイフを構えていた。

シャーロットはドアを全開にして少し下がり、木剣を構えた。

「私の家から出て行って」

「ああ、すまない。君の家だったのか。昨夜は道に迷って凍死《とうし》しそうだったものだから。勝手に入らせてもらった。朝が来たら出て行くつもりだったんだ。すぐに出ていくから。落ち着いて。ね？」

男はそう言うと、ナイフを鞘《さや》に戻して両手を上に上げ、ゆっくりドアに近づいて来る。

シャーロットは男との距離《きょり》を一定に保ち、木剣を構えたまま後退《あとずさ》りした。

男は三十代。黒い髪は乱れているが、顔は整っている。盗賊《とうぞく》には見えなかった。外套も中の服も多少汚《よご》れてはいるが、そこそこ上等な品に見える。

「勝手に泊《と》まったけど、お礼は置いていくつもりだった。これを受け取って欲《ほ》しい」

そう言うと懐《ふところ》の内ポケットに手を入れて探《さぐ》り、大銀貨を一枚取り出してドアの内側の床にそっと置いた。

「お金はいらない。持って帰って」

「いや、でも」

「ここは宿じゃない。出ていってくれればそれでいい」

「わかった。だけど、この家には食べ物がないよ？　君はどうするの？」

「家の中を漁《あさ》ったのね？」

「ごめん。あまりに空腹で」

男が本当に情けなさそうな顔をした。それを見たシャーロットは、被害者《ひがいしや》の側なのに加害者のような気分にさせられた。シャーロットはため息をついて木剣を右手に持ち直した。右手で木剣を構えたまま左手でカバンの中を探り、茶色い包みを男に放った。

男は包みを両手で受け止めるとクンクンと匂いを嗅《か》いでニッコリ笑った。

「卵とハムとパンの匂いがするね。君の昼ごはん？」

「朝ごはん」

「そうか。じゃあ、半分ずつ食べないか？　僕《ぼく》もその方が少しは後ろめたさが減る。さ、おいでよ。ドアを閉めよう。せっかく暖めた部屋が冷えてしまうよ」

男の言うことはもっともだが、シャーロットは勝手に侵入《しんにゅう》した見知らぬ男と二人きりになるほど、お人好《ひとよ》しではなかった。

「断るわ。出て行って」

「そうか。では、世話になった。ありがとう。いつか恩は返す」

そう言って男は包みを抱《かか》えてシャーロットと距離を取りながら家を出て行った。


男の姿が見えなくなるまで外に立って、戻ってこないことを見届けてから家に入り、鍵《かぎ》をかけた。

暖炉には大きく火が燃えていたから、しばらくそこで暖を取った。

「朝ごはん、なくなっちゃったわね」

仕方なくお茶でも飲もうかとヤカンを持って脇《わき》の沢《さわ》まで水を汲《く》みに出ると、ピチチチ！と小鳥の鳴き声がした。

「ピチット！　いるの？」

ピチチチ！　という声が少しずつ近寄ってきて、近くの枝に小鳥が止まった。

「ピチット！　ただいま。おいで」

シャーロットが左腕《ひだりうで》を上に伸《の》ばすと小鳥は手の平に飛び乗ってきた。ピチットは蛇《へび》に巣を襲《おそ》われて全滅《ぜんめつ》する寸前にシャーロットが助けた小鳥だ。蛇を追い払《はら》っても親は戻って来ず、一羽《わ》だけ残ったまま飢《う》えでぐったりしているのを見かねて、シャーロットが小虫やパンのかけらを与《あた》えて育て上げた。

父は「蛇に食べられるのも親鳥に見放されたのも生き物の世界の掟《おきて》だ。人間が手を出すのは感心しない」と渋《しぶ》い顔をしていた。だが「親鳥に見放された」という言葉を聞いて、シャーロットは何が何でもその小鳥を育てようと意地になった。

「ピチット。会いたかったわ。ごめんね、お弁当を渡《わた》しちゃったからパンクズはないのよ」

「ピチチチチ！」

胸から尻《しり》までがくすんだ緑色の小鳥は、丸っこい体でぴょんぴょんと動き回る。クチバシと羽の一部に朱色《しゅいろ》が入っていて華《はな》やかな鳥だ。ピチットは手の平から腕《うで》へ、腕から肩《かた》へと飛び移った。

「お茶を飲もうと思ったけど、ピチットが来たのなら一緒に森の中をお散歩しようかな」

「ピチチッ！」

シャーロットはヤカンを岩の上に置いて森へと入った。

「ピチッ！　ピチチチチ！」

「何か食べるものがあるといいのだけど。冬だから望みは薄《うす》いわね」

シャーロットとピチットは森の中を歩き回り、リスが見落としたクルミを拾って家に戻った。


家に戻って暖炉に枯《か》れ枝《えだ》をくべた。

玄関ドアの前に溜《た》まっていた落ち葉も燃やす。カラカラに乾《かわ》いた落ち葉はよく燃えて、灰がどんどん溜まる。灰はたくさんの使い道がある。灰に水を加えて上澄《うわず》みを使えば油汚れが面白《おもしろ》いほど落ちる。

シャーロットの家では、灰にたっぷりの水を加え、上澄みを布で濾《こ》した透明《とうめい》な液を瓶《びん》に溜めていた。食器洗いだけでなく洗濯《せんたく》にも重宝していた。原液は手荒《てあ》れが酷《ひど》くなるほど強いので、水で薄めて使う。原液と獣脂《じゅうし》を混ぜて鍋《なべ》で長い時間温《あたた》め、髪や身体を洗う液体石《せっ》鹸《けん》も作ることができた。

沢の水を入れたヤカンを暖炉の火の近くに置き、お湯が沸くのを待った。

ピチットはシャーロットと一緒に家の中に入り、高い位置に張ってあるロープに止まると、ソファーで飛び跳《は》ねる子供のようにピョイピョイ、ピョイピョイ、とロープを弾《はず》ませて遊んでいる。

拾ってきたクルミは、果肉が乾いて硬《かた》く殻《から》に貼《は》り付いていた。

再び沢に行き、バケツに水を汲んで拾ったクルミを入れ、棒でガラガラとかき混ぜて果肉を剥《は》がし落とした。種だけになったクルミを天板に並べ、暖炉の火の近くに置いて乾かした。水を吸った状態の殻は割りにくいのだ。

ピチットと遊びながら殻が乾くのを待った。やがてすっかり殻が乾いたら戸棚からクルミ割りの道具を取り出す。

トングのような形の道具は、繋《つな》がっている部分のギザギザにクルミを挟《はさ》んで割る。ゆっくり殻を割り、中身だけを摘《つま》んで器に入れていく。

全部割り終えると小さなボウルに半分くらいクルミが溜まった。それをひとつ指先で摘んで口に入れた。

「美味《おい》しい。でもこれでは朝食どころかおやつにも足りないわね」

「ピチチッ！」

「あなたにもあげるわ。ほら」

小さなクルミのかけらを手の平に載《の》せて差し出すと、ピチットがじっくり眺《なが》めてから嘴《くちばし》でつついて食べた。

ロープにぶら下げて乾燥《かんそう》させてあるキャットニップとアップルミントの葉を何枚かむしり、カラカラに乾いているバラの花びらも適当にむしってティーポットに入れた。

シュンシュンと沸いてきたヤカンの持ち手に布巾《ふきん》を巻いて持ち上げ、お湯をポットに注いだ。三分ほど待って、ポットからカップに注いだ。

ふうふうと吹《ふ》き冷ましながら飲むと、ミントの香りが爽《さわ》やかだった。バラは野薔薇《のばら》で香りがまだ残っていて、贅沢《ぜいたく》な気分になるお茶だった。

お茶を飲み終え、ベッドの掛《かけ》ぶとんを抱えて外に持ち出し、洗濯物《せんたくもの》を干す棒に引っ掛《か》けた。雑巾《ぞうきん》を濡《ぬ》らして絞《しぼ》り、テーブル、窓枠《まどわく》、窓ガラス、タンスの上を拭《ふ》いた。今度は別の雑巾を洗って固く絞り、床を拭いた。

家中全部を拭き終わり、暖炉の前に椅子《いす》を運んで目を閉じた。

(今日こそお父さんとお母さんが帰って来ますように)

そう念じながらウトウトした。

こうして両親が戻るのを待って休日を過ごす生活が、もう一年になる。シャーロットは両親と一緒に過ごした最後の夜を思い出していた。

◇◇◇

「シャーロット、どうかこれからも健《すこ》やかにな」

「シャーロット、お誕生日おめでとう」

「ありがとう、お父さん、お母さん」

「これは私からの贈《おく》り物《もの》よ」

母は手編みの靴下をくれた。

「これは父さんからだ」

父からは手作りの木剣だった。

「赤い靴下！　可愛《かわい》い！　木剣は今のより重い！」

「あなたは赤が似合うから」

「毎日欠かさず素振《すぶ》りをするんだぞ」

その日、シャーロットは十六歳《さい》の誕生日を迎《むか》えて成人になった。少しだけワインも口にして、嬉《うれ》しくて楽しくて、たくさん笑った。

最近ずっと母の具合が悪く、寝込《ねこ》んでいる時間も増えていた。でもその夜の母は、青黒い顔色ながらも笑顔《えがお》だった。

翌朝、目が覚めたら両親がいなかった。テーブルには朝ごはんと置き手紙があった。

『シャーロットへ

よく寝《ね》ているから声を掛けずに出かけます。長雨が上がったから予定通りに親戚《しんせき》に会いに行ってくるわね。夜には帰ります。』

この手紙を最後に、両親は戻って来なかった。

シャーロットの部屋には、十歳の頃《ころ》から母の字で書かれた注意書きが置いてある。

『私たちが連絡《れんらく》無しに五日間戻らなかったら、キングストーンの町へ行くこと。エドル商会があなたに仕事を紹介《しょうかい》してくれるよう、話をつけてあります。ここで延々と私たちを待つようなことはしないこと』

これを渡された当時は（なんでこんなこと）と思った。まさか本当にこんな日が来るなんて思わなかったから、シャーロットは不安を呼び起こすこの注意書きが苦手だった。

誕生日の一週間後。九キロ先にあるキングストーンのエドル商会に歩いて行った。

「両親が帰って来ないんです。どこに行ったかご存知《ぞんじ》ありませんか」

そう尋《たず》ねると商会長のエドルさんは、

「全く知らない。役に立ってやれなくて悪いね」

と気の毒そうな顔をした。

とことん落ち込んで森の中の家へと帰り、シャーロットは泣いて泣いて泣き続けた。このまま一人ぼっちになるのかと思ったとたんに、一日は寂《さび》しく、虚《むな》しく、夜が長くなった。

両親が会いに行った親戚というのがどこの誰《だれ》なのかを聞かされていなかったし、聞いても教えてもらえなかった。

徒歩では探しに行ける場所に限界がある。

キングストーンの警備隊も王都の警備隊も「そんな怪我《けが》や事故の届けは出ていない」とそっけなかった。王都は遠く、朝早く出たのにあちこち回って帰りは夜になった。真っ暗な夜の街道《かいどう》を一人で歩くのは恐《おそ》ろしかった。

食べ物がなくなったから狩《か》りをしながら両親を待った。

両親が帰って来なくなってから三週間後、最低限の荷物と少しのお金を持って、当時十六歳だったシャーロットは家を出た。

・・・・・

「ピチチッ」

シャーロットが過去の思い出に浸《ひた》っていると、ピチットがロープからテーブルに飛んできて、テーブルの上でシタッ！　シタッ！　シタッ！　と片足でテーブルを叩《たた》いた。

「あら。外に出たくなった？」

「ピチチッ」

「もうすぐ暗くなるわ。あなた、今夜は家の中で眠らない？」

「ピチッ！」

「決まりね。じゃあ、その前に少しだけお散歩しようか」

「チチチッ！」

シャーロットは狩り用の手製のズボンに着替《きか》えると、左手に弓を持ち、矢筒《やづつ》を背中に背負って森に入った。ピチットは付かず離れずの距離で枝を移りながら付いて来る。

しばらく歩き、遠くの木立の中で木の芽や樹皮を食べている若い鹿を見つけた。風向きを確かめると、自分は風上だった。

鹿はすぐにシャーロットの匂いに気づいて姿を消した。

「今日はだめか」

シャーロットは帰省するたびに鴨《かも》やウサギを仕留めて食料にしていたが、さすがに鹿を仕留めるのは難しい。今夜は小麦粉料理で済ませるしかなさそうだ、と諦めた。

「鹿を仕留めたところで、二日の休みだけじゃ干し肉も作れないもの。これでいいのよ」

悔《くや》し紛《まぎ》れにそんなことを声に出してつぶやいた。


森の中を歩いて家に戻る。今日はウサギも見つからなかった。ピチットはシャーロットと一緒に家の中に入った。

ソファーを敷《し》き物《もの》ごと動かして床板を一枚外し、更《さら》にその隣《となり》の床板を横にずらす。そうすると五十センチ四方の板が持ち上げられるようになる。床下《ゆかした》の隠《かく》し倉庫だ。

野ネズミにやられないように銅の板で内張りをしてある木箱には小麦粉、塩、砂糖、巣ごと割って瓶に入れてある蜂蜜《はちみつ》、獣脂、蜜蝋《みつろう》、ロウソクが入っている。この箱を持ち上げて外すと、その下には壺《つぼ》があり、革袋《かわぶくろ》に入れたお金も置いてある。

「床下の隠し場所は役に立ってるよ、お父さん」

声に出してつぶやきながら、食材を取り出した。

油紙で包んでおいた獣脂をナイフで切った。暖炉の石組みに載せて温めておいたフライパンにそれを落とした。切り取られた白い獣脂の塊《かたまり》はたちまち溶《と》けてフライパンの中を滑《すべ》るように動いた。

水で溶いた小麦粉の中に茶色い砂糖と刻んだクルミを入れ、よく混ぜてからフライパンに流《なが》し込む。

ジュウッと音を立てる生地《きじ》をフライパン全面に広げ、端《はし》が固まるのを待った。端の方が固まって持ち上げられるようになってから空中に放り上げてクルリと裏返した。

焼き上がったクルミ入りの小麦粉焼きをお皿に移し、熱々の生地に塩をひとつまみと蜂蜜をたっぷりかけて、ナイフを使ってパタンパタンと四角に折った。

食事ができることを感謝し、丁寧に食べた。

ところどころに交じっているクルミのおかげで、味も歯応えもいい。熱々で甘《あま》くてしょっぱい小麦粉焼きは、空っぽの胃袋《いぶくろ》を慰《なぐさ》めてくれた。

ピチットがジッと見ているから塩がついていない端っこを「はい」とテーブルに置いた。

ピチットは喜んで首をブルブルッと振《ふ》りながらツンツンとつついて食べた。

早めに取り込んだ掛ぶとんは冬の日差しを吸《す》い込んでいる。ふかふかのホカホカだ。

戸締《とじ》まりは万全《ばんぜん》。顔と手足の汚れを桶《おけ》に入れたお湯で落として寝間着に着替えた。

ピチットがロープにいるのを確認《かくにん》してからベッド脇のロウソクを消した。

目を閉じ、意識を手放すその直前、父が酔《よ》って何かを途中までしゃべり、母に叱《しか》られていた場面を思い出した。

「悔しいよなあ。世が世ならシャーロットは今頃《いまごろ》はお城で……」

「あなた！」

「お、おお。悪かった。少し飲みすぎたな」

「お酒を禁止するわよ！」

「わかったわかった。悪かったよ」

ソファーに座《すわ》っていたシャーロットを両親が振り返った。その目に不安が滲《にじ》んでいた。読書していたシャーロットは、暗記するほど読んだ本に目を落とし、(何も聞いていませんよ) という顔をした。

「今頃はお城で」

その続きはなんだったのだろう。

お城で働いていた、だろうか。

お城で……。

正解の見当がつかない。シャーロットはそのまま気持ちのいい暖かいベッドの中で寝返《ねがえ》りを打ち、夢の世界へと旅立った。

休みの二日目は鴨を狩りに行った。

だが鴨たちは沼《ぬま》の真ん中にいて、飛び立たせるために石を投げてもシャーロットの方には飛んでこなかった。だから家にいる間は全て小麦粉料理で済ませた。

暗くなる前にお城に帰り着くには午後の早い時間に家を出なくてはならない。

いつものように両親に宛《あ》てて置き手紙を書いた。

『お父さん、お母さん、お帰りなさい。私はお城で働いています。元気です。また帰って来ます。S』

毎回同じ文面で、日付だけ新しく書き直す。いつかそれを読んだ両親がお城に迎えに来るかも知れない。本気でそう思っていたのは半年くらいまでだったけれど。

両親はどこかで事故に遭ったかもしれない。

だが、王都の先のカナンの町までは数十キロある。その日の夜に帰る予定だったのだからカナンの町までは行っていないはずだった。

探しようがない。待つしかない。

ずっと中途半端《ちゅうとはんぱ》な状態のままだが、シャーロットは（それでも諦めるよりはましだ）と思っている。両親が生きている、いつか帰ってくると思っている間は、自分は天涯孤独《てんがいこどく》ではないのだ。だから今も長い留守番だと思うことにしている。

「ピチット、私はそろそろお城に戻るわね。あなた、一緒に来ない？」

ピチットは首を傾《かし》げただけで返事をしなかった。

「そうよね。森の方がいいわよね。お友達もいるんでしょう、きっと」

シャーロットはピチットを森に放ち、ドアに鍵をかけて家を離れた。

歩き出してから気がついた。

ドアの鍵は壊《こわ》されていなかった。それなら、あの男性はどうやって家に入ったのだろうか。

「もしかして私、前回は鍵をかけ忘れて帰った？」

どうだったかはっきりした記憶《きおく》がない。だから自分が鍵をかけ忘れたのだと決めつけて、シャーロットはお城を目指して歩き出した。

◇◇◇

両親は時間が許す限りいつでもシャーロットのそばにいてくれた。

そして様々なことを教えてくれた。

母が教えてくれたのは手芸全般《ぜんぱん》、お茶の淹れ方《かた》、簡単な料理、どこで使えばいいのかわからない貴族っぽいマナー。マナーは、挨拶《あいさつ》の仕方や美しい姿勢で座ること歩くこと。会話の続け方と終わらせ方、皮肉のかわし方など果てしなかった。母は厳しい先生だった。

猟師《りょうし》をしていた父は狩りの方法と剣《けん》を教えてくれた。

弓矢を使った動物の仕留め方、血抜《ちぬ》きの方法、捌《さば》き方。間合いの取り方、剣の振り方。気配の消し方。父は根気強い先生だった。

それらを繰《く》り返し教えてくれる時の両親は必死だった。

なぜこれほど必死なのだろうと何度も思った。

(自分たちが先立った後のことを考えているのだろうか)と思ったりもした。そしてそんな日が来ることを考えただけで涙《なみだ》が出たものだった。


帰ってこない両親を三週間待ち、母の注意書きに従って家を出た。さすがに注意書き通りに五日で見切りをつけることは無理だったが、泣くのを終わりにする覚悟《かくご》はついた。

「捨て子の私を十六年間も大切に育ててくれたんだもの。そのお礼はお父さんとお母さんに見られても恥《は》ずかしくない生き方をすることよ」

捨て子だったことは六歳の時に話してもらった。

「血が繋がっていなくても、あなたは私たちの宝物、大切な娘《むすめ》よ」

その言葉を信じている。一度だって両親の愛を疑ったことはない。

両親はどこかできっと生きている。そう思うことが孤独《こどく》なシャーロットを支えてくれた。

エドル商会は大手の商家や貴族などに使用人を紹介する業者だった。

商会長のエドルは、背中に木剣を背負って肩掛けカバンひとつで店を訪れた娘が「母のマーサにこちらに行くよう言われております。シャーロットと申します」と名乗るのを聞いて（本当にこの日が来たのか）と思った。

『もしうちの娘が一人でここにきた時は、娘が一人ぼっちになった時なんです。よく働くように躾《しつ》けてありますので、安全な仕事を世話してやってください。よろしくお願いします。紹介料《しょうかいりょう》は前払《まえばら》いでお支払《しはら》いしておきます』

何年前のことだったか。

妙《みょう》な頼《たの》み方をする人だな、と思ったのでよく覚えている。前払いで料金を払っておく客も初めてだった。

エドルは人員募集《ぼしゅう》の束をめくり、一番条件が良い王城の下働きの仕事を選ぶことにした。シャーロットの母親のマーサは、貴族ではなく評判が良い大きな商人の家がいいと言っていたが、一番賃金がいいのは王城だ。両親がいなくなってしまったのなら、せめてもの思いやりで王城の仕事を紹介してやろう、とエドルは判断した。

「あんたの母親は『礼儀《れいぎ》も仕事も教えこんである』と言っていたよ。仲介手数料《ちゅうかい》も前払いでもらっている。頑張《がんば》ってお城で働きなさい。真面目に働けばきっといいことがある」

エドルは優《やさ》しい顔でシャーロットを送り出してくれた。

エドル会長に教えられた場所から乗り合い馬車に乗り、シャーロットは王城に向かった。近づけば近づくほどお城は大きく、敷地《しきち》を囲む塀《へい》は高くて威圧感《いあつかん》があった。

使用人用の門を入り、「案内」の看板の隣に座っていた男性に紹介状《しょうかいじょう》を見せると、女性の下級使用人を束ねているリディの部屋に連れて行かれた。

リディはシャーロットを見て（男が多い部署には配置できないわね）と思った。

その娘に「なぜ背中に木剣を差しているのか」と尋ねようとしたが、おそらく心配性《しんぱいしょう》の親が護身用に持たせたのだろうと推測して尋ねるのをやめた。

シャーロットはスラリと背が高く引き締まった身体、茶色の目、ダークブロンドの髪。話を聞く時に相手の顔をじっと見つめる時の知的な表情。立ち姿に品の良さがあった。

「あなたには厨房以外の雑用全般、庭掃除《にわそうじ》、細かい買い物、荷物の運搬《うんぱん》をやってもらいます」

「はい」

「部屋は四人部屋。あなたが一番の新入りだから、先輩《せんぱい》に可愛がられるように。揉《も》め事《ごと》は起こさないで」

「はい」

「夜九時以降は建物の外に出ないこと。十時にはランプを消して寝ること。朝食は六時、夕食も六時、昼食は手が空いた時」

「はい」

（美人にありがちな生意気な雰囲気《ふんいき》がないのは良いけど、さて、どこまで仕事ができるかしら）

エドル商会は堅実《けんじつ》な商会だから信用しているが、この美人がはたして汚れ仕事や雑用をどこまでできるかは、今後要観察だ、と思う。結婚《けっこん》相手を探しに来て男に愛想《あいそ》を振りまくことばかりに熱心で、男を捕《つか》まえたとたんに退職する若い女性を見続けてきたリディは、あまりシャーロットに期待をしていなかった。

そのリディにシャーロットが質問をした。

「リディさん、質問がございます」

「なあに？」

「朝は何時になれば部屋から出てもよいのでしょうか」

「どうして？」

「朝、素振りをしたいので」

「素振り？　あなた騎士《きし》の家の子？」

「いいえ。父は猟師でした」

「猟師の家の育ちで素振り……そうねえ、一番鶏《いちばんどり》が鳴いたら部屋から出てもいいわよ」

「わかりました」

リディは王城の中をひと通り案内し、初日の説明を終わりにした。

「一度に全部は覚えられないでしょうけれど、わからないことがあったら何でも先輩に聞きなさい。わからないまま勝手な判断で動かないこと」

「はい」

「ここがあなたの部屋。ベッドは右側の上の段。シーツは一週間ごとに洗濯に出すように」

「はい」

「ベッドでの飲食は禁止。おやつを食べたい時は廊下の飲食所で」

「はい」

シャーロットは話を集中して聴《き》き、歩く姿も上品だ。一見裕福《ゆうふく》な家の育ちに見えるが（猟師の娘だったとはね）とリディは意外に思う。

「ここはまじめに働く人には良い職場よ。頑張りなさい」

「はい。ありがとうございます」

頭を下げたシャーロットが貴族の令嬢《れいじょう》のように見えた。シャーロットは頭を下げただけなのだが、その頭の下げ方上げ方が優雅《ゆうが》だった。

ただ可愛がられて育っただけではなさそうだ、とリディは思い、質問した。

「あなた、礼儀作法をどこかで学んだ？」

「母に習いました。でも習った作法を使う場所がありませんでした。今使うべきでしょうか」

「ううん。今は必要ないわ。あなた、姿勢がいいわね」

「ありがとうございます。母にもそれだけは褒《ほ》められました」

そう言うと、それまでは緊張《きんちょう》していたらしいシャーロットが初めて笑った。バラの蕾《つぼみ》が開いたような笑顔に、リディは一瞬《いっしゅん》気圧《けお》された。

「シャーロット、もし男性にしつこく言い寄られて困ったら私に言いなさい。助けてあげるわ」

「……はい」

シャーロットは少し不思議そうな顔をした後で、素直《すなお》に返事をした。

いざお城で暮らしてみると、シャーロットにとってお城の生活は快適だった。

朝夕の食事はトレイに載せられた物を受け取って食べるだけ。昼食は布に包まれたパンを受け取って食べるだけ。料理も食器を洗うことも他人がやってくれる。お茶はいつでも食堂にお湯が沸いていたし、洗濯物は名前の書いてある袋《ふくろ》に入れて洗濯係《せんたくがかり》に渡せばきれいに洗われて畳《たた》まれて戻《もど》ってくる。

最初は他人に自分の衣類を洗ってもらうことに抵抗《ていこう》があった。だが自分が洗濯係を経験してみると、他人の衣類を洗いつつ（こんなものか）と思って抵抗がなくなった。洗濯係は重労働だが、意外に外から応募《おうぼ》してくる女性は多いそうだ。普段《ふだん》の家事で馴染《なじ》みがあるからだろうか。

シャーロットに課せられる仕事はたくさんあったが、頼《たよ》る人がいない今、賃金が貰《もら》えるなら仕事に文句はなかった。

今、シャーロットは日当たりがいいベンチに腰《こし》掛《か》けて同僚《どうりよう》と二人で昼休憩《ひるきゆうけい》を取っている。

「シャーロットは働き者ね」

「そう？　お給金をいただけるんだもの、頑張るわよ」

「みんな手を抜《ぬ》いて楽をしたがるじゃない」

「楽をして、空いた時間で何をすればいいかわからない」

「真面目よねえ、シャーロットは。そんな美人なのに」

同室で同僚のイリヤは、焼いたベーコンを挟んだパンをモグモグ食べながらそんなことを言う。イリヤはシャーロットと同い年で、王都の生まれ育ち。休みの日は実家に帰り、妹弟に食堂で美味しいものをご馳走《ちそう》するのが楽しみ、という優しいお姉さんだ。

「美人だなんて、酔っ払《ぱら》っている時のお父さんにしか言われたことないわ」

「ええ？　そんなことある？」

「本当よ」

イリヤは「美人と言われたことがないなんて、絶対信じられない！」と言うが本当だった。

ただ、シャーロットの場合は近所に人がいなかったのと、キングストーンの町に買い物に行くときは両親がぴったり付き添《そ》っていたから、若い男が声をかけることもできなかったというのが真相だ。だがシャーロットはそれが特殊《とくしゅ》な育ち方だという自覚がない。

「そうだ、今度家に帰ったらウサギか鹿を仕留めるつもりだから、毛皮がいるならあげるけど」

「ひゃー、いらないわよ。生皮でしょう？　いらないいらない。欲しい時はお店で買うわ。気持ちだけでいいから。でもありがとうね」

「生皮じゃないって。一応私がミョウバンと塩を使ってなめすのだけど。わかったわ」

シャーロットはウサギの毛皮でマフラーなどを作るのが好きだったし、鹿の革《かわ》で時間をかけてブーツやコートを作るのも好きだった。だが王都ではそんなことをする若い娘はいない、ということも城で暮らすようになってから知った。

「さあ、仕事をしますか」

そう言って立ち上がり、シャーロットが微笑《ほほえ》んだ。イリヤはいつもその笑顔に見とれてしまう。


シャーロットの美貌《びぼう》は目ざとい男たちの間では既に噂《うわさ》になっていた。

「今度入ったダークブロンドの子、すごくきれいだぞ」

「えっ、どこの部署？」

「下働き。洗濯物を干したり庭の落ち葉掃《は》きをしていたり」

「お前、声をかけた？」

「かけたけど、うーん」

「なんだよ。その子、気取ってるのか？」

「いや。うっすら微笑んでくれて、真剣《しんけん》に話を聞いてくれるけど、うーん」

「もったいぶらずに早く教えろよ」

「なんていうか、少し話をしただけで『まだしゃべるのか』って顔をするんだよ」

「じゃあ、俺《おれ》が挑戦《ちょうせん》してみる！　お前じゃだめだったってことだよ」

『美人で働き者の侍女《じじょ》』の噂は、少しずつ若い男性の間に広がっていた。


ランシェル王国の軍隊の中でも『白鷹隊《はくたか》』と呼ばれる精鋭《せいえい》部隊は国民の憧《あこが》れの的だ。少年たちは彼《かれ》らのようになりたいと願い、女性たちは理想の結婚相手として憧れの目を向ける。

白鷹隊の兵士たちは精鋭部隊の象徴《しょうちょう》である真っ白な制服を支給される。それを着て王都を歩くと、老若男女皆《ろうにゃくなんにょみな》に尊敬や憧れの目を向けられる。一般《いっぱん》の兵士は紺色《こんいろ》の制服だ。そんな白鷹隊の何人かがシャーロットに近寄ったものの、全くなびいてもらえなかった。

簡単に手に入らない花はいっそう手に入れたくなるもの。

シャーロットのことはあちこちで話題になり、シモン・フォーレは、同じ女性の話をあちこちで何度も聞かされ、「ダークブロンドに茶色の瞳《ひとみ》のスラリとした侍女シャーロット」

のことを聞き覚えてしまった。

シモン・フォーレは白鷹隊の隊員だ。

プラチナブロンドの髪《かみ》に深い青の瞳といういかにも貴族的な外見で、鍛《きた》えられた体躯《たいく》、男でも見惚《みと》れてしまう美しい顔の二十五歳である。

ある日、昼休みに敷地内《しきちない》をシモンが歩いていた。

ただそれだけだったが、近くにいた女性の使用人たちが熱い視線を向けてくる。シモンは視線が合った相手には控《ひか》え目《め》な笑顔を返しながら歩いていた。

その笑顔は美丈夫《びじょうふ》ゆえの防御術《ぼうぎょじゅつ》だ。「お高くとまっている」という反感を持たれないように気をつけている。だがシモンに笑顔を向けられた女性たちは頬《ほお》を赤らめてうつむいたり、はしゃいだ声を発したりして騒《さわ》いでいた。

歩きながら、シモンは噂のダークブロンドの侍女が左手から歩いてくるのに気がついた。

彼女《かのじょ》は重そうな箱を抱えてシモンが歩いているレンガ敷《じ》きの小道に合流し、シモンに気づくとペコリと頭を下げてから自分を追い抜いて行った。

大柄《おおがら》なシモンもそこそこの速さで歩いていたが、きっちりお団子にされたダークブロンドの髪との距離《きょり》がどんどん開く。シモンは（どんな早足だ？）と驚《おどろ》いた。

チラリと顔を見たが、たしかに仲間が騒ぐだけはあった。整った顔立ちだけでなく、全身から凛《りん》とした雰囲気が漂《ただよ》っていた。

（へえ、たしかに整った顔立ちだな）

そのときはそう思っただけでその娘のことは忘れた。


シモンが彼女に二度目に会ったのは、ある日の夜明けだった。

翌日が休みという夜、シモンは同僚たちと深酒をした。どうせ明日は休みだからと夜明け近くまで飲み、店主に「もうそろそろ店を閉めますから」と困った顔で言い渡されて店を出た。

一緒《いっしょ》に飲んだ仲間はそれぞれ実家や恋人《こいびと》のいる家に向かったが、シモンは兵舎に向かった。まだ辺りは暗く、東の空が黒から深い藍色《あいいろ》に変わろうかという時刻だった。シモンは女性使用人たちの寝起《ねお》きする建物の脇《わき》を歩いて宿舎に向かっていた。

ブン！　ヒュッ！　ブン！　ヒュッ！

明らかに木剣《ぼっけん》を振っている音がして、（こんな時間に熱心だな。誰だろう）と、音の出どころを探した。衛兵か白鷹隊の仲間だろうと探したシモンの目に入ったのは、庭の片隅《かたすみ》で木剣を素振りする女性らしき姿だった。ひとつに縛《しば》った長い髪が左右に揺《ゆ》れていた。

（女？）

意外な事実に目を凝《こ》らして見ると、常夜灯のオイルランプの光を受けて素振りをしているのは噂の侍女だった。

（あの娘は……）

シモンが驚いて見ていると、相手がピタリと動きを止めて体ごとこちらを向いた。まだ夜明け前の暗い時刻なので、彼女からは自分のシルエットしか見えないはずだ。

声をかけようかどうしようか酔った頭で迷っているうちに、侍女は素早《すばや》い動きで建物の中に入ってしまった。

「へえ……」

深酔いしていてもわかる。あの剣さばきは初心者ではない。

しばらく呆然《ぼうぜん》としていたシモンだったが、今見たことがなんとも意外で一気にシャーロットのことが気になった。

シモンの個室の向かいの部屋を使っている白鷹隊の一人は、シモンが帰って来た物音をベッドの中で聞いていた。（朝まで飲んでいたんだな）と半分眠《ねむ》りながら思った男は、突《とつ》然《ぜん》シモンの「へええ！」という声が聞こえてきてギョッとした。シモンは美しい外見で愛想がいい男だが、中身は真面目な努力家、どちらかと言うと堅物《かたぶつ》なのを知っていたからである。一人でしゃべっている声なんて初めて聞いた。

「なに？　どうした？」と半身を起こした男はしばらく耳を澄《す》ませていたが、その後は何の声も音もしなかったので再び布団《ふとん》を被《かぶ》って目を閉じた。

シモンは服も脱《ぬ》がずにベッドに仰《あおむ》向けになっていて、眠ってはいなかった。酔っているシモンは天井《てんじょう》を眺めながらニコニコしていたが、やがて我慢《がまん》できずに「面白《おもしろ》い！」と結構な声の大きさで独り言を言い、今度は向かいの部屋だけでなく両隣《りょうどなり》の住人を驚かせた。


一方、そそくさと建物に入ったシャーロットは、静かに自室に戻っていた。

木剣を自分のベッドの柵《さく》とマットの隙間《すきま》に押《お》し込《こ》んだ。剣の素振りは恥ずかしいことではなかったが、侍女が行うのはとても珍《めずら》しいことだと今は知っている。他の女性は誰一人《だれひとり》として剣の素振りをしていない。しかも「騎士の家の出でもないのに？」と何度か驚かれたので、あまり人に見せないほうがいいと思っていた。

両親と暮らした森での生活は、とても穏《おだ》やかで楽しい思い出ばかりだった。だが、こうしてたくさんの人間の中で暮らしてみてわかったのは、自分はかなり変わった環境《かんきょう》で十六歳まで育った、ということだった。

他の家に遊びに行くことも、他人が遊びにくることも一切《いっさい》なかった。

キングストーンの町に出かける時は必ず両親が一緒で、自分に誰かが話しかけると両親はシャーロットを促《うなが》してその場を離《はな》れるようにしていた。

「いったいどういう理由で他人との関わりを断《た》っていたのかしら」

父も母も人嫌《ひとぎら》いというわけでもなかった。

三人でキングストーンの商店街や市場に出かけた時、両親は愛想良く店の人たちと会話していた。だから、避《さ》けていたのはシャーロットと他人が関わることだったと思う。

(今にして思うと、お父さんは猟師なのに剣の心得があるのも不思議な話よね)

でも悪い理由は思いつかない。

両親は誠心誠意、シャーロットに良くしてくれた。

「赤《あか》ん坊《ぼう》だったシャーロットが捨てられていたから、拾って名前を付けて自分たちの子として育てた」という話を疑う理由もなかったし、疑いたくもなかった。

「生まれたばかりのシャーロットのためにもらい乳に奔走《ほんそう》したり、山羊《やぎ》を飼ってその乳を飲ませたりした」という思い出話は何度聞いてもほのぼのとしたし、ありがたいと思った。

(どこかで生きていてよ、お父さん、お母さん)

凛々《りり》しかった母の「シャーロット?」という呼び声をもう一度聞きたかったし、優しかった父の「さあシャーロット、狩りに行こうか」という声も懐《なつ》かしかった。

二段ベッドの上段で天井を眺《なが》めていた目からツーッと涙が流れ落ちた。

鼻をすると、部屋の反対側のベッドの上段に寝ていたイリヤが声をかけてくれた。

「シャーロット、何かあったの？」

「ううん。何もないわ。ただちょっと、両親に会いたいなって思っただけ」

「そう……。今度のお休み、よかったら私と王都に出かけない？」

「ありがとう。でも家に帰りたいから」

「そう。わかった。気が変わったらいつでも言ってね。王都を案内するから」

「ありがとう、イリヤ」

「どういたしまして」

その会話を同室の他の二人も聞いていた。（不憫《ふびん》なシャーロットのためなら自分も王都の案内役を買って出よう）と思いながら。

シャーロットは美人なのにそれを自慢《じまん》することが全くない。本当に真面目に働いている。他の侍女たちが怠《なま》けていれば、黙《だま》ってその分まで働いている。

それを知っている同室の侍女たちは、美人で世知に疎《うと》いシャーロットに対して、かなり前から保護欲をかき立てられていた。

気立てのいい仲間に恵《めぐ》まれて、シャーロットの城暮らしは概《おおむ》ね平和だった。

第二章

城仕えのシャーロット

最近のシャーロットには納得《なっとく》いかないことがあった。

男性に次々に絡《から》まれる。ある時は騎士。ある時は厨房《ちゅうぼう》の料理人。またある時は厩番《うまやばん》。

彼らは笑顔《えがお》で近寄り、最後は怒《いか》りの表情で去って行く。男たちは好意を示したつもりでも、シャーロットにとっては『笑顔で近寄って来て思い通りにならないと怒《おこ》って去っていく人たち』だ。

誰になんと言われても、シャーロットは「私は働くのに精一杯《せいいっぱい》で、今は誰ともお付き合いをするつもりはありません」と断わっていた。

するとどの男性も怒ったり不機嫌《ふきげん》になったりする。シャーロットにも言いたいことはあるが、「揉め事を起こすな」と初日に言われた通り、何を言われても言い返さずにいた。

ある日、管理職のリディは庭を歩いていた。たまたま庭掃除をしているシャーロットが若い男に言い寄られている現場に出くわし、庭木越《ご》しにそれを聞いていた。

「君はいつも僕《ぼく》の話を笑顔で聞いてくれたじゃないか。僕のことを好いてくれてたんじゃないのか」

「違《ちが》います。それはマイロさんの誤解です」

シャーロットの言葉を聞いて男は顔を歪《ゆが》めた。

「僕を馬鹿にしてたのか！　美人だからって僕をからかって笑っていたんだな！」

「どうしてそうなるんですか。違います」

止めに入ろうとしたリディだったが、その前に男がシャーロットの腕《うで》をつかんだ。それまで目を伏《ふ》せて困った雰囲気だったシャーロットが、素早く腕を振り払《はら》って男と距離を取った。

「私に触《さわ》らないで。いい加減にしてください」

とシャーロットは低く冷たい声で男に言い渡《わた》した。

「なんだと！　このっ！」

男が手を伸《の》ばしてシャーロットに掴《つか》みかかろうとした。シャーロットは素早く退きながら持っていた箒《ほうき》の柄《え》で男の腕をバシッと叩いた。男がますます激昂《げきこう》したところでやっとリディは声を張った。

「やめなさいっ！」

庭木の陰《かげ》から突然現れた管理職の姿に、興奮していた男もさすがに冷静になった。

「リディさん、これは、その」

「マイロ、聞きたいのだけど、一度でもシャーロットの方からあなたに声をかけたことがあった？」

「それは……」

「私から話しかけたことはありません。仕事中に何度も話しかけられて、私は困っていました」

「わかったわ。マイロ、あなたは仕事に戻りなさい。今後シャーロットに近寄らないで」

「はあ。そうですか」

納得いかない様子のマイロが立ち去り、シャーロットとリディが残った。

シャーロットはリディを見て何か言いたそうだったが何も言わなかった。それまで厳しい表情だったリディは苦笑《くしょう》する。

「わかっているわ。あなたは悪くない。でも、そろそろ配置換《が》えが必要だわね」

「えっ」

「下働きはどうしても男性の目に触《ふ》れるから。あなたはそのつもりがなくても相手が勘違《かんちが》いすることもあるのよ。その顔で微笑まれたら『自分は好意を持たれている』と思う若者はこれからも出てくるわ。そうね、職場の異動はしてもらうことになる。どこにするかはあとで連絡《れんらく》するわ」

「はい」

ぺこりと頭を下げてシャーロットは掃除《そうじ》道具を持って立ち去った。

「さて、どこがいいかしらねえ」

男だらけの厨房には最初から近づかせなかったが、今以上に男たちの目から逃《のが》れられる職場というと女だらけの職場になる。それはそれで別の苦労が待ち構えているだろう。

シャーロットには気の毒だが（あの顔を持って生まれてきた者の定めと思って乗り越《こ》えてもらうしかないわね）と思う。

リディはシャーロットを気に入っていたが、管理職としては私情を挟《はさ》むつもりはなかった。

庭の落ち葉を掃き集めながらシャーロットはモヤモヤしている。

『自分に話しかけてきた相手の眉間《みけん》か鼻筋を見て話を聞くこと』

『唇《くちびる》の両端《りょうたん》を少し上げ、目尻《めじり》を少しだけ下げて会話をすること』

『なるべく相手の話題に興味があるように振る舞《ま》うこと』

母のマーサは繰り返しそう教えてくれた。だから忠実にそれを実行してきたのだが、どうもそれは誤解を生むようだ、と途中《とちゅう》から気づいた。

ザッザッと箒を使いながら、シャーロットは深くため息をついた。

(お母さん、あのマナーはどこで使うべきものだったの？　お城じゃ、あれは使わないほうがいいみたいよ)

大好きな母を少しだけ恨《うら》めしく思う。

庭木の落ち葉を掃き集め、ちりとりに入れて木箱に入れ、箒とちりとりと木箱の三つを持って場所を移動しながら箒で掃き続けた。

シャーロットはこういう時に使うべき罵《のの》りの言葉をほとんど知らない。『汚《きたな》い言葉は絶対に使わないように』と厳しく躾けられていたし、汚い言葉を両親の口から聞いたこともなかった。だけど、何か言わずにはいられない気分だ。

「私はあなたのこと、好きでも嫌《きら》いでもなかった」

「誰《だれ》のこと？」

「わっ」

慌《あわ》てて飛び退《しさ》って相手を見ると、プラチナブロンドを刈《か》り上げた体格の良い男がそこにいた。男は真っ白な制服を着ている。

「何かご用でしょうか」

「通りすがりに独り言を聞いてしまったものだから」

「申し訳ございません、騎士様には関係のないことでございますので」

「それはそうだね。君、この前素振《すぶ》りをしてた人だよね」

また絡まれるのかと用心したシャーロットは返事をしない。相手の男は優しげできれいな顔だったが、今はいろいろと用心したい。また職場の異動なんてごめんだ、と思う。

「君、騎士の家の出なの?」

「いいえ」

「じゃあどうして素振りを?」

「申し訳ございません、仕事中ですので失礼いたします」

城仕えをするようになって、初めて感じの悪い態度を取った。それはそれで後味が悪い。

シャーロットは道具を全部持って足早に立ち去った。残されたシモンは小さく「え?」という形に口を開けたままシャーロットを見送った。

「え? 俺、嫌われてる?」

彼女の目には拒絶《きょぜつ》の色があった。

ボリボリと頭を掻《か》いてシモンはその場を離れた。

そこからだいぶ離れた場所で、シャーロットが絡まれているところから一部始終を見ていた白鷹隊の若者三人が驚いていた。彼らは若い男を止めようとして近寄っている途中でリディが登場したから、男を制止するタイミングを失っていた。

「見たか？」

「見た。信じられない」

「あのシモン様をもバッサリと」

「あの娘《こ》は男嫌いとか？」

「恋人がいるとか？」

「いいねえ！　身持ちの堅い美人」

「男の顔は関係ないのか。それなら俺にも希望はあるな！」

「俺も！」

こうしてシャーロットは『あのシモンさえも振《ふ》った侍女』という二つ名を授《さず》けられたが、当人はそんなことは知らないままだ。

その夜、リディの部屋に呼び出されたシャーロットは配置換えを言い渡された。

「シャーロット、あなたには衣装《いしょう》部の雑用をやってもらいます」

「はい」

「衣装部は本来、雑用係といえども知識がある人だけが行く場所なの。でも雑用係が二人同時に結婚して辞《や》めちゃったのよ。だからあなたは当分の間、二人分の雑用をこなしてもらうことになります」

「はい」

「明日からは衣装部のルーシーがあなたの上司になります」

「はい」

「明日朝八時にルーシーのところに挨拶に行きなさい。東塔《とうとう》の三階に名札が掛《か》けられた部屋があるわ」

「はい」

話が終わったようなのでシャーロットは頭を下げてリディの部屋を出た。

（モヤモヤする。でも、衣装部として真面目に働くしかないわよね）

心の中のモヤモヤを追い出したい。思い切り剣の素振りをしたい。

迷惑《めいわく》をかけられたのは自分なのに、相手ではなく自分が配置換えになってしまった。雑用係の仕事を気に入っていたし、コツを掴んで短時間できっちり仕事をする楽しみを見出《みいだ》していたところだったのに。

シャーロットは心から配置換えが残念で悔《くや》しかった。

「はぁぁ」

ピチットに会いたい。両親に会いたい。

そこまで考えて、少し冷静になった。

自分はもう十七歳《さい》だ。普通《ふつう》なら親離《おやばな》れする年だ。もし両親が行方不明《ゆくえふめい》にならなければ、こんなに両親に執着《しゅうちゃく》していなかっただろう。おそらく自分はもう両親のことを忘れるべきなのだ。

(だけど心はそんなに思い通りにはならないな)

「ああもう、やめやめ！」

誰もいないと思って声を出したが、一番近いドアが開いて驚いた顔がシャーロットを見た。シャーロットは顔を伏せてそそくさと管理職の使う区域から立ち去った。


翌日、シャーロットは気持ちを切り替《か》えて衣装部の部屋に向かった。

「本日から衣装部に異動になりました。シャーロットです。よろしくお願いします」

「ああ、そう。あなたがリディの言っていた娘《こ》ね。衣装《いしょう》についての知識はあるの？」

「いいえ。知識はございません」

「そうですか。ふむ」

衣装部の長であるルーシーにジッと見つめられている間、シャーロットはピシリと背筋を伸ばして動かなかった。するとルーシーは首に下げていた巻き尺を手にしてシャーロットに近づいてくる。

「その制服、サイズは大ね？」

「はい」

「ちょっとあなたの身体のサイズを測るわね」

「はい」

ルーシーの採寸は実に手早い。

肩幅《かたはば》から始まり腕の長さ、着丈《きたけ》、腕の太さを数カ所、手首の太さ、胸回り腰回り《こしまわり》。どんどん測り、記録していく。

（こんなに測られたのは初めて）

腕を持ち上げられ、水平にした状態で動かずに立ったまままそう思った。三十カ所は測られただろうか。

「はい、結構。衣装部の侍女が身体に合っていない制服を着ていては衣装部の名が泣きますからね」

「はい」

「あなた、全くグラつかないのね。何か運動でも？　腕の筋肉もあるようだし」

「木剣の素振りを少々」

「ほう」

ルーシーは鼻に載《の》せた老眼鏡の上からシャーロットを見つめている。

「無駄《むだ》な肉のない、素晴《すば》らしい身体です。気に入りました。雑用係と言えども衣装の知識はなるべく早く身に付けてもらいます。これを読んでおくように。ドレスの種類、各部の名称《めいしょう》、採寸の仕方。雑用係でも覚えるべきことは山とあります。頑張《がんば》りなさい」

「はい」

「では、今日はみんなに言われたことをしなさい。言われたことには全て『はい』と答えるように」

「はい」

「手帳をあげるわ。大切なことを書いて覚えなさい」

ルーシーは赤い革のカバーがかけられた小ぶりな手帳を手渡《てわた》してくれた。

その日は衣装部屋で作業をしている皆《みな》を壁際《かべぎわ》に立って眺めた。時々指示が出される。

「お茶を淹《い》れて」

「そこを掃いて」

「五番の白い布を持ってきて」

「甘《あま》いものが食べたい。厨房から何か貰ってきて」

「シャーロットはそれらの指示に全て「はい」と答えて動いた。

衣装部は中年の女性が中心だったが、若い女性も働いている。一人が退職すると一人が補充《ほじゅう》される仕組みだ。そして下級の侍女たちよりもだいぶ大きな権限を持っている。

下級の侍女はおやつを自分のお小遣《こづか》いで買わなければならなかったが、衣装部はお菓子《かし》類も城側から無料で支給される。

衣装部はドレスを制作する班と、縫《ぬ》い上げられたドレスをサイズ直しも含《ふく》めて管理する班に分かれている。シャーロットは両方の雑用を任された。何も言われない時間が続くと退屈《たいくつ》だったので、窓を拭《ふ》いたり床《ゆか》を磨《みが》いたり、足りなくなりそうな縫い糸《いと》をそっと補充したりして動いた。

『自分で仕事を考えなさい。言われてからやるのではなく、次に何を要求されるかをいつも考えるのよ』

そう教えてくれた母の声を思い出す。

それは父も言っていた。

『常に相手がどう動くか考えるんだ。そのうち考えなくても身体が反応するようになる』

両親が授けてくれた知識や知恵《ちえ》が今の自分を助けてくれている、と思うと心が安らいだ。

「そうだ、手帳に父さんと母さんの言葉を忘れないように書いておこう」

シャーロットはその日から覚えておきたいこと、忘れたくないことを片っ端《かたぱし》から貰った手帳に書き込んだ。


衣装部に配属されて少したったときのこと。

「あなた、使えるわね。それに厨房から戻ってくるのがすごく早い」

縫製《ほうせい》をしていた一人がシャーロットを見ながらそう言葉をかけてくれた。若くてかなり小柄《こがら》な女性だ。名前はスザンヌ。

「ありがとうございます」

「今度休みの日に私の家に来ない？　あなたに着せたいドレスがあるの」

「休みの日は実家に帰るのです。申し訳ございません」

「そう。ご両親が待っているのね？」

「いえ。両親が行方不明なので、休みの日は家で両親の帰りを待ちたいんです」

それまで黙々《もくもく》と仕事をしていた女性たちが一斉《いっせい》に顔を上げてシャーロットを見た。

「両親が帰ってこなくなってから、もう一年以上経《た》ちましたので、帰って来ないかも知れません。でも私、諦《あきら》めきれなくて。両親がいつ帰って来てもいいように家を整えておきたいんです。私の勝手な願いです」

そう言ってシャーロットが眉《まゆ》を下げて困ったように微笑むと、何人かは片手を口元に当てて気の毒そうな顔になった。

「わかったわ。じゃあ、今夜私があなたに作った服を着せてみたいのだけど、宿舎にいるのよね？」

「はい」

「では夕飯の後くらいに持っていくわ。いいかしら」

「はい」

二人のやり取りを聞いていた周囲の女たちがクスクスと笑いだした。

「スザンヌの病気が始まったわね」

「病気って言い方はやめてくれる？　ルナ」

「だって、シャーロットにあのドレスを着せたいんでしょう？」

「そうよ。悪い？　これほどあのドレスが似合いそうな体型の人、なかなかいないもの」

「まあ、それは確かにね」

そう言ってルナとスザンヌがまじまじとシャーロットを見る。つられたように他の女性たちも見る。

「あの、私がなにか？」

「あなたは均整の取れた美しい身体をしているなと思って」

次々と他の女性たち皆も会話に参加してきた。そして全員が次々と衣装に関する意見を述べ始めた。

「男性も女性も女は細けりゃいい、お胸が大きければいいと思っている人が多いけれど、我々衣装部に言わせてもらうと、全てはバランスなのよね。お胸だけが大きいのはバランスが悪いの。ドレスを美しく着こなして他人にどの角度から見ても美しいと思わせるには、お胸は小さめの方がいいのよ」

「そうそう。大きければいいというのは男性の願望よね」

「でも、その願望に影響《えいきょう》されて、女性の側もお胸は大きければいいと思っている人も少なくないわ」

「美はバランス！」

「そう！　その通り！」

シャーロットはドレスを着たことがなかったし、着たいと思ったこともなかった。だから衣装に関して熱すぎる女性たちに、若干《じゃっかん》引いていた。それに『あのドレス』という言葉がなんとも不穏《ふおん》な感じだ。それを着せられるのはいいとして、（まさかそれを着て外を歩けと言われるのではないでしょうね）と不安になった。

その日、夕方の六時に衣装部の仕事は終わりとなった。ほぼ全員が王都に家があるそうで、王族からの急な呼び出しに備えて縫製係と衣装管理係から一人ずつが交代で宿直をするのだそうだ。

部屋から出て食堂に向かいながら、シャーロットがスザンヌに尋《たず》ねた。

「王族の方から夜中に緊急《きんきゅう》呼び出しがあるのでしょうか」

「王族ではなくて直接呼び出すのはお付きの上級侍女さんなの。彼女たちから呼び出されることが稀《まれ》にあるのよ。理由はいろいろ。王族の方が明日着る服を今夜確認《かくにん》したい、とか、王族の方が少し太った気がするから確認して直してほしい、とかね」

「大変ですね」

「まあね。でも仕事だもの。宿直分の手当も出るし衣装の仕事は好きだから、私は喜んで駆《か》けつけるけどね」

「そうですか」

「その本、すごく勉強になるわよ。じっくり読んで覚えるといいわ」

「はい」

スザンヌが目をやった本は机に置いてある。衣装部の長ルーシーが貸してくれた『ドレス　構造と制作』という分厚い本だ。

食堂の近くまで一緒に歩いていたスザンヌはシャーロットの部屋の場所を尋ねた。

「じゃ、あとで。あなたの部屋は何階？」

「三階です。三〇三号室です」

「わかった。靴《くつ》のサイズは？」

「二十四センチです」

「わかった。じゃあまたね」

シャーロットは少し浮《う》かれている様子のスザンヌに胸騒《むなさわ》ぎがしたが、今はそれよりもおなかが空いていた。

「試着するだけよね、きっと」

そう独り言を言って不安を落ち着かせ、食堂の扉《とびら》を開けた。

大食堂では、たくさんの使用人たちが並べられたテーブルに着いて夕食を食べていた。

ざわざわという会話や食器が触れ合う音がホッとさせてくれる。シャーロットは夕食の時間にだいぶ出遅《でおく》れた感じだった。

「ほい、シャーロットちゃん。今夜は豚肉《ぶたにく》だよ」

「美味《おい》しそうです。いつもありがとうございます」

「よく噛《か》んで食べるんだよ」

トレイを受け取って空いている席を目で探し、席を確保してからお茶を取りに行った。

お茶係は十五歳くらいの少女が担当している。可愛《かわい》らしい少女が次から次へとお茶を淹れて手渡していた。

「シャーロットさん。今日は遅《おそ》かったんですね」

「ええ。今日から部署が変わったの」

「え。どこですか？」

「衣装部」

「うわあ、出世コースじゃないですか！」

「そうなの？」

「そうですよ！　いいなあ、ドレスに囲まれて仕事だなんて」

「仕事だもの、いいも悪いもないわ」

そこで後ろに人が並んだのでシャーロットは自分の席に戻《もど》った。

豚肉《ぶたにく》はりんごと一緒に煮込《にこ》まれていた。とろとろになるまで赤ワインで煮込まれた豚のバラ肉は、口のなかで溶《と》ける。噛まなくても飲《の》み込めそうだ。りんごはギリギリ形を保っていたが、こちらもとろとろで、りんごの甘酸《あまず》っぱさと豚の脂《あぶら》と赤ワイン、何種類かの香《こう》辛料《しんりょう》が合わさって複雑で豊かな味だ。

美味しさにうっとりしていると、頭の上から声がかけられた。

「残り物の組み合わせとは思えないお味よね、シャーロット」

誰かと思ったら同室のイリヤだ。イリヤは料理を隣《となり》に置いて座《すわ》った。

「美味しいわよね。さすがにお城の食事は豪勢《ごうせい》だわ。りんごは収穫《しゅうかく》して日にちが経って歯応えがボサボサしてきたやつだし、赤ワインはパーティーの残りものらしいわよ。かなりいいやつだけど、勝手に使用人が飲むのは禁止だから、料理に使うんだって」

「詳《くわ》しいのね、イリヤ」

「お兄ちゃんが厨房で働いていたの。昔、夜会の飲み残しのワインを上級の男性使用人が全部飲んじゃうのが問題になったんだってさ。それは横領だろうって言い出した人がいたらしいよ」

「へええ」

パンも真っ白な小麦粉で焼いてあるし、バターもお代わりができる。間違《まちが》いなく贅沢《ぜいたく》で恵まれた職場だ、とシャーロットは思う。こんな職場を用意してくれたのはエドル商会長だが、話をつけておいてくれた母にも感謝している。

「イリヤ、このあと部屋に衣装部の先輩《せんぱい》が来るの。疲《つか》れているのにごめんね」

「気にしないで。職場の先輩なら、最初が肝心《かんじん》だから愛想《あいそ》良くしないとね」

「ありがとう」

二人は旺盛《おうせい》な食慾《しょくよく》で豚肉とりんごの赤ワイン煮込みをスプーンで口に入れた。

食事を終え、本当なら共同の浴室でお湯を貰《もら》って丁寧《ていねい》に身体をきれいにしたかったのだが、いつスザンヌが来るかわからない。仕方なくシャーロットは濡《ぬ》らした布で身体を手早く拭いて部屋で待機した。

スザンヌがシャーロットたちの部屋を訪《おとず》れたのは夜の八時半だった。

「遅くなってごめんね。どのドレスにしようか迷っちゃって。靴とアクセサリーも持ってきたんだけど、一人じゃ運べないから妹が帰ってくるのを待って一緒《いっしょ》に運んでもらったの」

「姉がお世話になっています」

スザンヌの後ろから、雰囲気《ふんいき》がよく似た小柄な女性がひょいと顔を出して頭を下げた。

「いえ、私は新入りですので、お世話になっているのは私の方です」

シャーロットがそう答えている間にも、スザンヌは部屋の中に入ってきて、テーブルに厚紙でできた大きな箱を大切そうに置いた。それを同室の仲間三人が興味深そうに見ている。

「さて、まずはこれね」

そう言って一番上の箱の蓋《ふた》を開けた。

「うわあ！　すてき！」

スザンヌが箱の中からドレスを持ち上げて披露《ひろう》すると、三人の侍女《じじょ》仲間が一斉に立ち上がって声を出した。

それは深い緑色の絹のドレスで、襟元《えりもと》には刺繍《ししゅう》で作った白い小花が鏤《ちりば》められていて愛らしい。スカート部分はウエストがギュッと絞《しぼ》られ、下に向かってふんわりと大輪の花のように膨《ふく》らむデザインだった。袖《そで》は花開く直前の蕾《つぼみ》のようだ。

シャーロットたちが見とれていると、スザンヌが説明してくれた。

「これ、普通はコルセットで締《し》め上げてから着るんだけど、あなたならそのままで入ると思うのよね。さ、着て見せて！」

「はい」

衣装部の長であるルーシーに「返事は全て『はい』で」と言われている。なのでおとなしく五人の前で服を脱《ぬ》いで下着になり、ドレスを着ようとしたのだが。

「ちょっとまって。忘れていたわ。これを付けてから」

そう言ってスザンヌが取り出したのは紐《ひも》を使って背負っていた大きな物で、折りたたまれてぺちゃんこになっている何かだ。スザンヌが両手で持って持ち上げると、上下に大きく伸びた。スカート部分を美しく膨らませる籠《かご》のような骨組みだった。

「パニエよ。チュールを重ねたパニエもあるけど、今回はこれにしたの」

「それを使うからきれいに膨らむんですね。話には聞いていましたけど、こんな近くで見るのは初めてです」

イリヤが感心している。

パニエは針金で作られたたくさんの円を四本の帯状の布で上から下まで繋《つな》いだものだった。一番下の円が一番大きく、上に向かうにつれて次第《しだい》に円が小さくなっている。

シャーロットがその円の真ん中に入ってパニエを持ち上げると、鳥籠《とりかご》のような形になった。一番上の輪に結ばれている紐をウエストでギュッと縛《しば》ったシャーロットは、下半身を鳥籠に入れたように見える。

次にドレスを頭から被《かぶ》った。

背中に並んでいるたくさんの小さなボタンは、スザンヌと妹さんがかけてくれた。同じ布でできている靴は、残念ながらシャーロットには少し小さい。無理に履《は》けば破れそうな華奢《きゃしゃ》な靴だったから、残念ながら履くのは諦めた。スザンヌは「やっぱり無理だったか」と悔しそうだ。

着終わって立っているシャーロットを五人が感嘆《かんたん》の眼差《まなざ》しで見つめている。

イリヤが信じられないというように首を振った。

「シャーロット、あなた、どこから見ても貴族のご令嬢《れいじょう》だわ」

「やめてよイリヤ」

「ううん、本当。しかもここまで美しいご令嬢はちょっといないわよ」

「スザンヌさんまで」

シャーロットは大げさな、と苦笑したが、その場の全員、魂《たましい》が抜《ぬ》けかかっているように口を半開きにしている。

スザンヌはドレスを見せびらかしたくなったらしい。

「ね、ちょっと外に出ない？」

「もう九時になるから叱《しか》られます。だめです」

「そう言わないで。私が無理を言ったとちゃんと説明するから！」

「このドレスで部屋を出るのは困ります。恥《は》ずかしいのでまた今度にしてください」

「仕方ないわね。わかったわ、じゃあ、明日仕事場でね！」

「え？　いえ、それもちょっと」

しかしスザンヌはシャーロットの抗議《こうぎ》は軽く聞き流し、シャーロットがそっと脱いだドレスをたたんで箱に入れ、妹に向かって声をかけた。

「このドレスを衣装部まで運ぶから。悪いけど一緒に来て」

そして妹と一緒にさっさと出て行った。

残された同室のみんなはまだ興奮覚めやらぬ雰囲気だが、シャーロットは明日が憂鬱《ゆううつ》だった。

「私はもう寝《ね》るわね」

そう言って早々とベッドの上段に上って布団《ふとん》を被った。明日、仕事場ではしゃいで、スザンヌと自分が叱られないか、心配だった。

（明日は早起きして素振りをしよう）

身体を使うと悩《なや》みが消えないまでも小さくなるのは経験済みだ。

翌朝、一番鶏《いちばんどり》が鳴くのを待ちかねるようにして木剣《ぼっけん》を手に外に出た。

そして無心で剣《けん》を素振りする。架空《かくう》の敵を想定して、父と組んでいる時のように飛び退《しさ》ったり前に鋭《するど》く踏《ふ》み込《こ》んだりしながら、上から下へ、下から上へと剣を振った。

父はいつも次を読め、と言っていた。

相手の太刀筋《たちすじ》から次の攻撃《こうげき》をいかに早く読むか、それが「死なないコツ」と。「相手を殺そうとするのではなく、自分が生き残ることを考えろ」と。

教わっていた時は（剣の練習って、身体を鍛《きた》えるためにやっているのよね？　本当に剣で戦うことなんかないわよね？）と思っていた。

だが、父との剣の練習は言葉を使わない会話のようで楽しかったから、文句を言ったことは一度もない。

「あんまり鍛えちゃうと手のひらに剣だこができるどころか、体つきまで変わってしまう」

母はそれを心配していた。幸いシャーロットは鍛えてもあまり筋肉がつかず、ほっそりしたままだった。

「シャーロットは身体の表面ではなくて身体の芯《しん》に筋肉が付いている。いい傾向《けいこう》だ」

そう父は喜んでいた。

ふと、視線を感じて右手に目を向けた。

あのプラチナブロンドの髪《かみ》の男性がいた。

「やあ、おはよう」

「おはようございます」

そう言って頭を下げ、素早《すばや》く建物に入ろうとするシャーロットに男性が声をかけた。

「この前は気分を悪くさせたみたいで悪かった。俺《おれ》が何かしたんだよね？　謝《あやま》るよ」

そう言われて、シャーロットは自分がこの男性にずいぶん失礼な対応をしたことを思い出した。

「いえ。私こそ申し訳ありませんでした。あの時、別の男の人に絡《から》まれた直後だったので、冷静さを失っていました」

「絡まれた？　何かされたのか？　誰に？　なんで？」

男性の声が少し大きくなったので、シャーロットは口の前に人差し指を立てて目で「静かに」と合図をした。

「あ、すまん。つい」

「上司が止めてくれました。相手の名前はもう忘れました」

「そうか。俺はシモン・フォーレ。君は？」

「私はシャーロット・アルベールです。猟師《りょうし》の娘です」

「シャーロット、あまり時間がないだろうが、手合わせしないかい？」

そう言ってシモンは背後に持っていた木剣を前に出して笑った。誰かと剣を合わせるのは一年以上していない。今、無性《むしよう》に手合わせしたかった。

「私でいいんですか？　騎士《きし》様のお相手なんて、申し訳ないような」

「手合わせを怖《こわ》がらないんだね。よし、では音がするからあっちで」

二人で素早く場所を移動して、城壁《じようへき》の使用人出入り口の前に来た。音を立てても文句を言われなそうな場所だ。

「では」

シモンが剣を腰《こし》の位置に持って軽く一礼をした。シャーロットは父と剣の鍛錬《たんれん》をして以来だ。わくわくしながら同じ動作でお辞儀《じぎ》をした。

（腕前《うでまえ》が劣《おと》る私の方から行くべきね）とシャーロットが先に斬《き》り込んだ。

「ハァッ！」

シモンはそれを一歩も動かず木剣で受け止めた。シャーロットは初手に続けて猛烈《もうれつ》な速さでカンカンカンカン！　と打ち込んでいく。シモンは表情を変えずに様子見で受け止めていたが、内心では驚《おどろ》いていた。

（速い。それにこの体格の女性にしては剣が重い。これはちゃんとした指導を受けているな）

途中からシモンも打ち返した。

その全てをシャーロットは的確に受け止め、シモンの動きの先を読んで反撃《はんげき》した。猛烈な打ち合いが続く。

前に踏み込み後ろに下がり、時には横っ飛びに移動する。二人の動きには無駄がない。見ている人がいたらきっと、その美しい動きに目を奪《うば》われただろう。

やがて太陽が顔を出し、あたりが明るくなった。

突然《とつぜん》、シャーロットが「大変！　朝ごはんがなくなっちゃう！」と小声で叫《さけ》んだ。

「申し訳ありません、戻ります。ご指導ありがとうございました！　勉強になりました！」

礼を言い、頭を下げた。

「では！　失礼いたします！」

シャーロットは大慌《おおあわ》てで宿舎に向かって走って行った。

走り去る後ろ姿を見送るシモン。

冷え切った冬の朝なのに、シモンの額にはうっすらと汗《あせ》が滲《にじ》んでいる。

「とりあえず俺は彼女《かのじょ》を怒《おこ》らせてはいなかった。名前も教えてもらった。剣の稽古《けいこ》もした。よし！」

シモンは満足して兵舎へと歩き出した。

そんな二人を城の高い場所から小さな遠眼鏡《とおめがね》でじっと見つめている人物がいたが、あまりに離《はな》れていたのでシャーロットもシモンも気づかなかった。

剣の鍛錬のあと、シャーロットは朝食を終えて早めに衣装部に向かった。衣装部では新人なので、掃除《そうじ》はシャーロットの役目なのだ。

机の上に置いてある風で飛ばされそうな物を全部片付け、全部の窓を開けた。高い位置からハタキをかける。雑巾《ぞうきん》で机の上を拭き、床はモップで拭く。

「よし」

綺麗《きれい》になった室内を見回してうなずいた。

ここを束ねるルーシーは整理《せいり》整頓《せいとん》に厳しいらしい。昨日、仕事終わりの時に「針を数えましょう」とルーシーが掛け声をかけ、衣装部の女性たちは一斉に自分の使っている針山の針の数を数え出した。縫い針《ばり》は五本、まち針は三十本。一本でも足りなかったら見つかるまで全員で探すのだそうだ。

「王族の方々にお怪我《けが》をさせないように、普段《ふだん》からこうして針を確認するの」

ルーシーの言うことは全部に理由があってわかりやすい。「以前からそうだから」というような理由があやふやな規則はひとつもない。

シャーロットは（針の規則は赤い手帳に書き留めておこう）と思った。

昨日渡《わた》された本にもルーシーの人となりが感じられた。

人によっては「雑用係は言われたことをやっていればいい」と言う人もいるだろうが、ルーシーは「雑用係といえどもここに来た以上、ここでしか学べないことをしっかり学んでほしい。それはいずれあなたの財産となるはずよ」と言っていた。

（上に立つ人はやはり理由があってその位置を手に入れているのね）と思う。

ふと、ごみ籠を覗《のぞ》くと、刺繍糸《ししゅういと》が捨てられているのに気づいた。短くなって用を成さなくなったものだ。王族の衣装に使われる刺繍糸は高価なものだから、大切に使われている。だが、模様の途中《とちゅう》で糸を継《つ》ぎ足すことがないように、きりの良い箇所で早め早めに次の糸が使われる。捨てられている刺繍糸は、まだそこそこの長さがあった。

「これ、もらってもいいのかしら。捨ててあるんだからいいわよね？」

実家の節約生活から判断すると、捨てられている刺繍糸はまだ十分に使える長さだ。

刺繍は母にみっちり鍛えられた。「淑女《しゅくじょ》の嗜《たしな》みだから」と言っていた。

教えられた当時は「淑女とは？」とそのイメージが掴《つか》めないまま基本の刺《さ》し方を覚えた。

その後は自由に柄《がら》を描《えが》けるところが気に入っている。

ごみ籠の中身を探し、使えそうな刺繍糸を全部回収してポケットに入れた。針は家から持ってきている。

(久しぶりに好きな柄で刺繍をしてみよう)

今の暮らしは必要な物は全て支給される。給金を使うところがない。だから余ったお金は貯《た》めている。森の家の床下《ゆかした》にはもとから隠《かく》してある金貨もある。

刺繍糸も買えないほどお金には困っているわけではないが、両親が年老いた時に使うつもりで今もお金は大切にしまってあるのだ。

(そう言えばあの金貨はどうやって手に入れたのだろう)

自分がお城で働くようになってわかったことがある。

母は床下の金貨を『以前働いていた時に主にいただいた分だ』と言っていたが、あんな金額を二十代や三十代の女性が稼《かせ》げるわけがない。父の稼ぎを足したとしても、金貨があれほど貯まるはずがなかった。

(父と母は何をしていた人たちなのかしら。もしや両親は自分が考えているような、どこかの侍女と猟師の夫婦《ふうふ》ではないのかもしれない)

だが、それは今となってはどうでもいいことだ。シャーロットにとって両親は、捨て子の自分を拾って大切に育てて可愛がってくれた人たち。それで十分だと思うようになった。

やがて衣装部の面々が「おはよう」と言いながら仕事部屋に続々と入ってきた。考え事はやめて、シャーロットはまた自分から仕事を探して働いた。

あっという間に時間が過ぎて、ルーシーが「さあみんな、昼休みにしましょうか」と言い出した時のこと。

「皆さんにお見せしたいものがあります！」

スザンヌが目をキラキラさせながら立ち上がって声を張り上げた。

「なあに？　今じゃないとだめなの？　お昼のパンを取りに行きたいんだけど」

「ジャーン！」

他の人達《たち》の不満げな顔の前にスザンヌがドレスを掲《かか》げて見せた。

「それ、あなたの『理想のドレス』ね。それがどうかした？」

「なんと、シャーロットは手直しなし、コルセット無しで完璧《かんぺき》に着こなせます！」

一瞬《いっしゅん》の沈黙《ちんもく》のあとで一斉に皆が騒《さわ》ぎ出した。

「ほんとに？　コルセットなしで？」

「確かにシャーロットなら丈《たけ》はぴったりだわね」

「本当にお胸もウエストもピッタリなのっ？」

「ちょっと！　今着て見せてよシャーロット！」

騒ぎを叱るかと思ったルーシーまでもが興味を持ってドレスとシャーロットを見比べている。

（このままでは昼ごはんを食べる時間がなくなってしまう）

シャーロットはそっちのほうが心配になった。ルーシーが仕事のときの表情で指示を出した。

「ルナ、人数分のパンを貰ってきなさい。シャーロット、今、そのドレスを着て見せてくれる？」

「はい」

『何を言われても「はい」といいなさい』の言いつけを守り、シャーロットは着ていた制服を脱いで緑色のドレスを着た。あの鳥籠《とりかご》みたいなパニエも使った。

スザンヌに背中のボタンをかけてもらい、背筋を伸《の》ばして立ったシャーロットをたくさんの目が見つめる。たいそう居心地《いごこち》が悪い。

全員がシャーロットではなく『シャーロットが着た状態のドレス』をジーッと見ている。

「ほぉおん。これはこれは」

ルーシーが呆《あき》れとも驚きとも取れるような声を出し、老眼鏡を外して小さくうなずきながら見ている。

「すごい。コルセット無しでこのウエストが入るなんて」

縫製係の女性が驚きの顔で見ている。

「人間が着ると五割増しに素晴らしく見えるわね」

衣装《いしょう》管理係の女性が腕組《うでぐ》みして感心している。

「いかがです？　シャーロットの身体の素晴らしさに気づいた私を褒《ほ》めてくださってもいいんですよ？　賞賛するのに遠慮《えんりょ》は不要ですからね」

スザンヌは冗談《じょうだん》まじりにそんなことを言う。

「ルーシーさん、理想のドレスとはどういうことでしょうか」

「ああ、そうよね。シャーロットは知らないことだったわね」

そう言ってルーシーは『理想のドレス』にまつわる話を教えてくれた。

数年前、スザンヌが趣味《しゅみ》で作ったドレスを仲間に披露していた。すると、今はもう退職した制作係の最年長の女性がきつい口調でこき下ろしたのだそうだ。

「くだらない。作った本人も他の人間も着られないドレスなんて、なんの意味も価値もない。ドレスは人間が着て初めて価値が生まれるの。自分の体型に劣等感《れっとうかん》を持っているからって、誰《だれ》も着られないようなドレスを作るなんて時間と手間と材料の無駄ね。他のことに時間を使えば？」

　仲間内で盛り上がって楽しんでいたその場が静まり返り、ルーシーが間に入ってその場は収まったが、スザンヌはとても悲しい思いをしたのだそうだ。

（他人の趣味をそんな言葉でこき下ろすなんて。しかも体型のことを人前でそんな風に言うのは無神経にもほどがある。ベテランでも関係ない。誰であっても許されないわ）

　シャーロットは口にこそ出さなかったがスザンヌに同情した。そのスザンヌは当時のことを思い出したのか指先で涙《なみだ》を拭《ぬぐ》っている。

「パン、人数分持ってきましたぁ！」

　食堂までお昼ごはんを取りに行ったルナが木箱を抱《かか》えて帰って来た。箱には山盛りのパンの包み。そのルナは、ドレスを着て立っているシャーロットを見てあんぐりと口を開けた。

「嘘《うそ》お。ちゃんと着てる。スザンヌ、あなたのドレス、ちゃんと人間が着られるじゃない！お直しなし？」

「なしよ、ルナ。すごいわよね？　コルセットも使ってないのよ」

「ほえぇ。素晴《すば》らしい身体ね、シャーロット」

　その後は皆《みな》でベーコンと目玉焼きを挟《はさ》んだパンを齧《かじ》りながら、ドレスを鑑賞《かんしょう》する時間になった。シャーロットは（私は？　私の昼ごはんは？）と焦《あせ》る。

「皆が食べ終わるまで、もう少し我慢《がまん》してくれる？　その後でゆっくり食べるといいわ」

ルーシーがそう言ってくれて、やっと安心した。

シャーロットはみんなが食事をしている間、全く動かずに立っていた。それもまた先輩たちに褒められた。

「体幹がしっかりしているのね」

「筋肉でゴツゴツしてないのに筋肉がたっぷりありそう」

「ああ、もう、いつまでも見ていられるわ」

苦笑《くしよう》しながらもシャーロットは立っている。

やっと鑑賞会が終わって着替《きが》えをしていたら、ルーシーが新しい制服を出してくれた。

「あなたのサイズに合わせて直しておいたわ。これを着なさい」

サイズ直しされた制服は、もう一枚の皮膚《ひふ》のようにシャーロットの身体に寄り添《そ》い、動きやすいのにだぶつきが全くない。

「え！　シャーロットが着ると制服なのにおしゃれに見える」

スザンヌの言葉に全員が同時に大きくうなずいた。

「ありがとうございますルーシーさん。着やすいです。スザンヌさん。もしよかったら、今夜、一緒に夕食を食べに行きませんか？」

「いいの？　嬉《うれ》しい！」

シャーロットは働き始めてから初めての外食だ。今、なぜかとてもスザンヌと話をしたかった。


その日の夜、スザンヌに案内されてやってきたシャーロットは、建物を見て驚いている。食堂に連れて行かれるのかと思っていたのに、そこは洋品店だった。

「スザンヌさん、ここって」

「私の家よ。うちの母さんの料理、すごく美味しいの」

「どうしましょう。私、何も手土産《てみやげ》を持って来ませんでした」

「そんなことは気にしなくていいから。さ、入って入って」

スザンヌの家は洋品店の二階だった。一階の店はスザンヌの両親のお店だそうだ。

「いらっしゃい！　スザンヌがお世話になっています。うちの娘《むすめ》をよろしくお願いしますね」

スザンヌにそっくりな、小柄《こがら》でぽっちゃりした母親が笑顔《えがお》で迎《むか》えてくれ、ワラワラと寄ってきた三人の弟妹《ていまい》たちが興味津々《きょうみしんしん》という顔でシャーロットを見ている。この前お城に来た妹がぺこりと頭を下げてくれた。

「初めまして。シャーロットです。スザンヌさんにはいつも優《やさ》しくしていただいています。今夜は急にお邪魔《じゃま》してしまって、申し訳ありません」

「そんなことは気にしないで。うちは六人家族だから、一人増えてもどうってことないの。さあさあ、座ってちょうだい」

陽気な母親が椅子《いす》を出してくれて、シャーロットはスザンヌの隣に座らされた。テーブルに次々と料理が並べられていく。全部が大皿で出され、各自が自分の皿に取り分ける形だった。たちまちあちこちから料理について説明の声がかけられる。

「この鶏肉《とりにく》の煮込みはこっちの茹《ゆ》で野菜と一緒に食べると美味しいわよ」

「母さんのスープはすごく美味しいよ。鶏《にわとり》の骨で出汁《だし》を取ったんだよ」

「僕はこっちの肉団子が好き！　食べてみて」

スザンヌの弟妹が先を争うようにして話しかけてくれる。

シャーロットの皿にはこんもりと料理が取り分けられた。こんなに賑《にぎ》やかな家庭の食事は生まれて初めてだ。

料理は美味しいし、何よりもこの温かな雰囲気が楽しい。シャーロットはずっとニコニコしながら夕食を食べた。

「細い体で気持ちのいい食べっぷりね」

「そうなのよ母さん、それでこの体型なんだもの、羨《うらや》ましいったら」

なんと答えていいかわからず、眉《まゆ》を下げた顔で微笑《ほほえ》むシャーロットに、スザンヌの妹が話しかけた。

「シャーロットさんは背が高いんですね。羨ましいです」

「そうですね、高いほうですね」

「シャーロットさんのご両親も背が高いの？」

「どうでしょう。私は本当の父も母も知らないからわからないの」

それまでガヤガヤしていた食卓《しょくたく》が一気に静かになり、スザンヌが慌《あわ》てた。

「ごめんね、シャーロット、妹が不躾《ぶしつけ》なことを聞いて」

「ううん、全然気にしてないわ。私、今の両親にすごく大切に育ててもらったもの。両親は私の自慢《じまん》なの」

スザンヌはシャーロットの両親が行方不明《ゆくえふめい》なことを聞いていたから、これ以上この話題が続かないように急いで話題を変えた。

「みんな、聞いてよ。シャーロットはあのドレスがぴったりだったのよ」

「そうなのよね、お姉ちゃん。私、あのドレスを着こなせる人がこの世に本当にいるなんて、驚いたわ」

「でしょう?」

姉妹《しまい》の会話は唐突《とうとつ》だったが、スザンヌの両親は何のことかすぐにわかったらしい。

「あのドレスかい? それはすごいな」

「あんなに細くて丈の長いドレスなのに」

「そうなの! シャーロットを見た瞬間《しゅんかん》に私、ピンときたのよね」

シャーロットはニコニコしながらも次々と料理を平らげている。母の料理とは違《ちが》う味付け、お城の料理とも違う家庭の味。ひと口ごとに感動していた。そして食べている途中で、ふと思いついた疑問を口にだした。

「そうだ、スザンヌさん、ゴミ箱の中から刺繍糸をもらうのって、いけないことかしら」

「え? 拾ったの?」

「はい。まだ使えそうな糸が捨ててあって、もったいなかったから。いけませんでした?」

「ううん。いけなくはない。刺繍が好きなの?」

「好きです。母にみっちりしごかれましたし、自分の好きな柄を刺せるのが気に入っています」

それまで黙《だま》っていた父親が口を挟んだ。

「シャーロットさん、刺繍する布はあるのかい？」

「いいえ。これから買おうかなと思っています」

するとスザンヌの父親が優しい顔で母親を見て声をかけた。

「母さん」

「はい、お父さん」

すぐに立ち上がって階下に向かったスザンヌの母親が一枚の布を手に戻ってきた。

「これは仕事で出た端布《はぎれ》よ。よかったらどうぞ」

「こんないい布……」

「もう使わないものだから。好きなだけ刺繍をするといいわ」

それは端布と言うにはかなり大きかったが、断るのも失礼だと判断してシャーロットはありがたく受け取った。

「シャーロット、どんな柄を刺繍するつもり？」

「スザンヌさん、笑わない？」

「笑わないわよ！」

「私が育てた小鳥のピチットを刺繍しようかなって」

それを聞いた一番下の男の子が興奮した様子で声を張り上げた。

「小鳥を育てたの？　どんな小鳥？　ピチットって、小鳥の名前でしょう？」

「ええ。蛇《へび》が巣を襲《おそ》って、他の兄弟は食べられちゃって、ピチットだけは脚《あし》が折れていたけれど助けることができたの。でも父はそれを感心しないって言っていました」

「ええっ！　どうしてですか？」

七歳《さい》か八歳くらいのその末っ子にもわかるように、シャーロットはなるべくわかりやすい言葉を選んでその時のことを話した。

「父は『蛇は生きるために雛《ひな》を食べた。お前はそれを邪魔した。小鳥は守るべきもので蛇は飢《う》えてもいいと思ったのなら、その理由はなんだい？』って言ったの」

「えー。だって蛇は気持ち悪いし怖いよ」

「私も似たようなことを言いました。そしたら父は『なるほど。お前は見た目で相手の価値を決めているんだね』と言って私の顔をじっと見たんです。なんだか急に自分がいけないことをしたような気がしました。でも生き残った雛は可哀想《かわいそう》で、どうしたらいいのか本当に困ったんです」

興味深そうに聞いていたスザンヌの父親が口を挟む。

「それで、そのあとはどうしたんだい？」

「助けた雛の脚に添《そ》え木《ぎ》をして巣に戻したけど、親鳥は戻ってきませんでした。蛇を恐《おそ》れたのかもしれないし、ピチットから人間の臭《にお》いがしたからかもしれません。雛はどんどん元気がなくなって鳴き声も出さなくなりました。見ていられなくて、また巣から引き取って、私が餌《えさ》を与《あた》えて育てたんです。生みの親に見捨てられた雛が、なんだか自分に重なって見えてしまって。それがピチットです。今も実家に戻ると私と遊んでくれるんですよ」

スザンヌと両親は感慨深《かんがいぶか》そうな顔で小さく頷《うなず》いていたが、スザンヌの弟妹たちは首を傾《かし》げている。お城に来た妹が質問した。

「つまり、シャーロットさんのお父さんは小鳥が食べられているのを見てろって言ったの？」

「父が伝えたかったのはきっと、よく考えて行動しなさいってことかなって思ったわ。蛇なら飢え死《じ》にしてもいいというのも正しくないなと今は思います。父は『その行いは正しかったのかい？　よく考えたのかい？』って言いたかったのだと今は思っています」

「ふうん」

十歳ぐらいの弟は納得《なっとく》していないような表情だ。

小さな子には理解できないかもしれないと思って言わなかったが、シャーロットはそれ以来、森の動物が他の動物を食べることは気にしないことにしている。食べられる側を「可哀想」と言って手を出すのは人間の理屈《りくつ》を森に持ち込むことだと思うようになったからだ。

スザンヌの父親が「うんうん」とうなずいている。

「あ。私ばかりしゃべってしまいましたね」

「ううん、いいお話だわ、シャーロット。あなたはそんなにきれいでスタイルもいいのに、一度もそれを自慢しない人だなって思っていたけど、そういう育てられ方をしたからなのね」

「スザンヌさん、私もいつか伝えたいと思っていましたけど、スザンヌさんが笑うと、柔《やわ》らかそうな右のほっぺが少し凹《へこ》むとこ、見るたびに得した気分になります」

それを聞いたスザンヌの母親が笑った。

「ふふっ。よく気が付きましたね、スザンヌの片笑窪《かたえくぼ》に。ほんとに愛らしいわよね」

「はいっ！」

「ええ？　こんなのが？」

「愛らしいです。すごく魅力的《みりょくてき》」

「ふうん」

スザンヌは満更《まんざら》でもない顔をした。

その夜のデザートは、りんごをバターで炒《いた》めてシナモンを振《ふ》りかけたものが出された。

好みで蜂蜜《はちみつ》をかけるのだそうだ。りんごはとろりと柔らかいけど歯応えが残っていて、絶《ぜっ》妙《みょう》の火加減だ。満腹のおなかにもスルスルと入った。

お礼を述べて帰るシャーロットをスザンヌと弟さんがお城の門まで送ってくれた。

「ごちそうさまでした。送ってくださってありがとうございます」

「おやすみなさい、シャーロット。楽しかったわ」

スザンヌが背伸《せの》びしながらギュッとシャーロットを抱《だ》きしめてくれた。抱きしめられて気がついた。

(誰かに抱きしめられたの、お母さん以来だわ)

賑やかなスザンヌの家から戻《もど》ったお城は、硬《かた》い石の通路、制服を着て早足で歩く人、書類を見ながら会話して通り過ぎる二人組。もちろん笑い声など聞こえない。

(ここは恵《めぐ》まれた環境《かんきょう》の仕事場だけど、住むのには少し寂《さび》しい場所ね)

シャーロットは無性にピチットに会いたくなった。

第三章

両親の事情

王都から東に向かって馬車で一時間ほどの位置にある小さな集落ニールス。三十戸ほどの農家の集落だ。

ニールスの丘《おか》の上、奥《おく》まった位置に一軒《けん》の農家がある。

そこに暮らしているのはクレールという五十歳のふっくらした女性だ。クレールはその一軒家《いっけんや》に長年独りで住んでいた。

ある日のこと。

ゴゴゴゴという地鳴りと地響《じひび》きがした。続いて激しい振動《しんどう》がして、クレールの家の中の家具や食器がガタガタと音を立てた。

初めての経験に驚いて固まっていたクレールだったが、音と地響きが収まってしばらくしてから恐る恐る家を出た。すると、何日も降り続いた大雨で土が緩《ゆる》んだのか、家の下方の斜面《しゃめん》が崩《くず》れて落ちていた。

土砂《どしゃ》の勢いが凄《すさ》まじかったらしく、この辺りでは目印になっていた欅《けやき》の大木が土砂に押し流されて根こそぎ倒《たお》れていた。

「地崩《じくず》れ？　大変！　街道《かいどう》を塞《ふさ》いでる！」

そう声に出して家の敷地《しきち》の端《はし》まで行って崩れ落ちた土砂を見下ろした。

大量の土砂に馬車と馬が横倒《よこだお》しで埋《う》まっていることに気がついた。わずかにその一部が顔を出している。

「まあ！」

まだパラパラと小石や土が落ちる中、クレールは九十九折《つづらお》りの斜面を急いで下り、馬車が埋まっている街道まで駆《か》けつけた。馬車は原型を留《とど》めないほどに押《お》し潰《つぶ》されていた。

馬車の御者席《ぎよしやせき》にいたらしい男が首まで土砂に埋もれて目を閉じている。石が当たったのか、頭から酷《ひど》く出血していて顔と首が血まみれだ。一緒《いつしよ》に倒れている馬は既《すで》に息をしていなかった。

苦しまずに息を引き取ったのは神様のせめてもの思いやりかと、目を閉じて二秒ほど神に感謝の祈《いの》りを捧《ささ》げてから男に声をかけた。

「もしもし、そこのあなた！　生きてますかっ？」

男は返事をしなかったが、少しだけ眉を寄せた。クレールは土砂を踏みながら男性に近づき、声をかけながら相手の腕《うで》を優しく叩《たた》いた。

「しっかりしなさい！」

「助けて、くれ」

男が目を開けて弱々しく声を発した。

クレールはそこから先、『火事場の馬鹿力』というものを自分の身で体験した。普段なら駆け上がれない斜面を一気に駆け上がって家に戻り、スコップを手にして駆け下りた。

男の身体にみっちりと覆《おお》いかぶさっている石や土をスコップで掘《ほ》って取り除き、積み重なっている土砂が少なくなってからは素手《すで》で土を取り除いた。途中で自分の爪《つめ》が痛いことに気づいたが、もうどうでもよかった。やっとどうにか男を引き出せるようになった時には、真冬なのに汗がポタポタと滴《したた》り落ちていた。

パラパラ、コロン。コロン。

突然、斜面の上から小石と土が転がり落ちてきた。

（また崩れるのかも）

そう思ったクレールは男の右腕《みぎうで》を持ち上げ、自分の首に回した。男の手首をつかみ相手の脇《わき》の下あたりを抱えて「フンッッッ！」と踏ん張って男を引っ張り上げた。そのままずるずると大柄《おおがら》な男を引きずりつつその場から離れた。男の左脚《ひだりあし》が膝下《ひざした》で変な方向に曲がっているのに気づいたが、今はそれどころではない。

崩れ落ちた土砂の山から二十メートルほど離れた時、ドドドドッ！　ゴゴゴゴォッ！と凄まじい音を立てて斜面がまた崩れた。崩れた範囲《はんい》が広がっているのを見て、クレールは自分と男が間一髪《かんいっぱつ》のところで命拾いしたことを知った。恐怖《きょうふ》で膝から力が抜《ぬ》けそうだったが、クレールは（まだよ！　まだ気を緩めちゃだめ！）と自分を叱《しか》りつけた。

「さあ、しっかりつかまって！」

男を励《はげ》ましながらクレールはまた斜面を登り、自宅に向かって一歩一歩足を進めた。一度休んだらもう動けなくなるのを感じていたから、一度も休まずに進んだ。

やっと自宅の玄関《げんかん》の土間まで男を運《はこ》び込《こ》んだ。とりあえず男を土間に寝《ね》かせ、クレール自身もそこに仰《あお》向《む》けに倒れ込んだ。いくら呼吸しても身体が要求しているだけの空気が足りず、しばらくはハァハァと荒《あら》い息を繰《く》り返した。

少し落ち着いてから起き上がろうとしたら力が入らない。（まだ。まだよ私。もう少しだけ頑張《がんば》るのよ）と疲《つか》れ過ぎてブルブルと震《ふる》える己《おのれ》の手足に活を入れ、クレールはまた男を引きずって居間まで運んだ。

「ちょっと、あなた、目を覚ましてよ。ねえ、ちょっと！」

大声で呼びかけても男は返事をしない。仕方なくクレールは居間の床《ゆか》に横たえた男の隣《となり》に毛布を敷《し》き、男の身体をゴロリゴロリと二回転がして毛布の上に寝かせた。折れている

脚が痛いらしく男が呻《うめ》いた。男の身体にはまだまだ血や泥《どろ》や土がたくさん付いていたが、着替えさせたくてもクレールの体力はとっくに底を突《つ》いていた。

仕方なく汚《よご》れたままの男に毛布を掛《か》け、流れ出ていた血を拭《ふ》き取り、頭の傷に清潔な布を当てて包帯を巻いた。男のズボンを膝の辺りでハサミで切り取り、折れている脚にはありあわせの添え木をして包帯をしっかり巻いた。頭の血は既に止まりかけていて、ベタベタした血の塊《かたまり》になっていた。

「血は止まっているわね」

この近辺には医者はいない。この男を連れて医者のいる王都まではとても行けそうにない。王都の医者を連れてくるほどのお金の余裕《よゆう》もない。

だから男が助かるかどうかは男の体力頼《だの》み運頼みだった。

「暖炉《だんろ》の火をもっと大きくしなきゃ」

だが膝も腕もぷるぷると震えて力が入らない。仕方なくクレールは四《よ》つん這《ば》いになって暖炉まで進み、薪《まき》をくべた。

あまりに疲れていたし動転していたので、クレールは男に「あなたは一人だったのか、それとも馬車に誰か乗っていたのか」と尋《たず》ねることを思いつかなかった。息が整ったころ、それに気づいたが、どちらであっても男が意識を取り戻すまでは待たねばならない。自分一人ではどうこうできるとも思えなかった。

少ししてから崖崩《がけくず》れの場所を見に行くと、二度目の崖崩れで馬車も馬も大量の土砂に押し流《なが》されて、道の反対側の崖下《がけした》へと落ちていた。馬車と馬は今はもうすっかり土に埋もれて見えなくなっている。

馬車が押し出された先は街道から三十メートル以上も下だ。あそこに行くには身体にロープを結んで木に結び付けてから崖を下りなければならない。クレールにはとても無理なことだった。

(誰かが乗っていたとしても、もう生きてはいないのは間違《まちが》いない)

クレールは、万が一誰かが乗っていたらと思い、その場で立ったまま長い祈りを捧げた。彼女はとても信心深いのだ。

男は夜中に意識を取り戻し、『ケヴィン』と名乗った。意識はしっかりしているように見えたが、自分がどこから来てどこへ行くつもりだったか、思い出せないと言う。

「何も思い出せないの?」

「いや、昔のことは全部覚えている。だが、途中からのことが全く思い出せない」

「どんなことを覚えているの?」

そう尋ねるとケヴィンは口を閉ざした。思い出したことを言いたくないらしい。クレールはそれ以上のことを追求せず、ケヴィンの身体の回復を優先することにした。

ケヴィンと名乗った大柄な五十手前くらいの男は真面目そうな外見だった。ずいぶん鍛《きた》えられた身体の持ち主で、表情や言葉遣《ことばづか》いからは悪い人とは思えなかった。

土砂崩《どしゃくず》れで塞がれた街道は、そこを利用する集落の農家の人々にとって王都と行き来する大切な交通網《こうつうもう》だ。翌日の早朝から復旧作業が始まった。復旧作業は早朝から日没《にちぼつ》まで続けられ、四日後には元通りになった。

作業をする人々は、道を塞いでいた土砂を崖の下に投げ捨て続けた。どの家からも男が出て作業をしている。作業に参加する男手が家にいないクレールは遠慮があった。『その崖の下の土砂の中には馬車が埋まっている。もしかしたら人が乗っていたかも知れない』とは言い出せないまま、クレールもその作業を手伝った。

（それを言ってみんなに危険で大変な手間を取らせて、もし馬車が空だったら申し訳なさすぎる）

クレールは作業の間中、ずっと悩《なや》んでいた。

迷って迷って、クレールは（せめて鎮魂《ちんこん》の祈りを捧げよう）という結論に至った。

ケヴィンは消えなかった記憶《きおく》を繰り返し思い出している。その中に消えた記憶を思い出す手がかりがあるかも知れないと思っていた。

ケヴィンは隣国《りんごく》バンタース王国の兵士だった。

最後の記憶の中で、ケヴィンはソフィア様の部屋を警護していた。ソフィア様は少し前まで王妃《おうひ》だった方だ。

ソフィア様と陛下が結婚《けっこん》されてしばらくして、国王陛下がご自分の胸を両腕《りょううで》で抱きしめるようにしてバタリと倒れられ、そのままあっという間にお亡《な》くなりになった。

会議の最中のことで、心臓の病だろうというのが医師の見立《みた》てだった。しかし陛下はまだ三十代だったから毒殺の噂《うわさ》が流れた。ケヴィンもその噂は聞いていた。ソフィア様はご懐妊《かいにん》が判明したばかりだった。

亡くなられた国王陛下に代わり、すぐにジョスラン王弟殿下《でんか》が新国王に即位《そくい》され、ソフィア様は「前王妃」となられた。

そのソフィア様に、ある日いよいよ陣痛《じんつう》が始まった。

ソフィア様は陣痛と陣痛の間に人払《ひとばら》いをし、ケヴィンと侍女《じじょ》のリーズを呼び寄せ、三人だけになると小声でとんでもないことを言い出された。

「陛下がお亡くなりになられてから、ずっと考えていたことがあります。私にもしものことがあったら、隙《すき》を見て赤ちゃんを連れて逃《に》げてくれませんか。そしてあなたたちの子どもとして育ててほしいのです」

ケヴィンは（一体何をおっしゃっているんだ？）と理解できないまま話を聞いていた。

「名前は、男の子だったらシャルル、女の子ならシャーロットと名付けて、一人でも生きていけるように強く育ててほしいのです」

そう言ってソフィア様は枕《まくら》の下からお金の詰《つ》まっていそうな革《かわ》の袋《ふくろ》を取り出し、リーズに手渡《てわた》した。そんな物をいったいいつ準備したのかと、ケヴィンとリーズは驚《おどろ》いた。

「ソフィア様、縁起《えんぎ》でもないことをおっしゃらないでください」

そう言ったリーズに向かって首を振って、ソフィア様は言葉を続けられた。

「袋の中には私の指輪も入っています。私の形見として私の子にいつか渡《わた》してほしい。袋の中の金貨で十六年は暮らせるはずです。お願い。このお金と指輪を持って、どこか遠くでこの子を成人するまで育ててくれませんか。あなたたちが恋仲《こいなか》なのは知っています。夫婦としてこの子を育ててほしいのです。どうか、私の願いを聞いてください」

それまでソフィア様は上半身を起こしていたが、そこで自分たち『侍女と護衛』に深々と頭を下げられた。

「私の実家は頼《たよ》れません。今は兄が当主だから、実家を頼ればこの子はすぐにここへ連れ戻されてしまうでしょう。兄にも子どもがいますから、ジョスラン国王陛下のお怒《いか》りを受けるわけにはいかないのです。けれどここにいればこの子はきっと殺されてしまう。こんなことを頼んで本当にごめんなさい。でも、あなたたちにしか頼めないの」

ソフィア様がこんなことを頼むのには理由があった。これからお生まれになるお子様には王位継承権《けいしょうけん》があるのだ。バンタース王国では君主の男女を問わない。

ライアン前陛下に続いてソフィア様までが亡くなったなら、生まれてくるお子様の命が狙《ねら》われるだろうことは容易に想像がついた。ジョスラン新国王陛下には三歳の男児がいるからだ。

「ソフィア様、王位継承権の返上をなされればお子様は安心なのではありませんか？」

ケヴィンがそう言うと、ソフィア様は眉を寄せて首を振った。

「その程度のことではジョスラン陛下は手を緩めないわ。この子が王族として生きている限り、何かしらの手を打ってくるはずです」

それを言われてケヴィンには思い出すことがあった。ジョスラン新国王陛下が第二王子だったころのことだ。

剣《けん》の鍛錬《たんれん》中に「うっかり手が滑《すべ》って」ジョスラン殿下が兄のライアン王太子殿下に向かって剣を投げつけた。しかもその日に限ってなぜか、ジョスラン殿下は真剣《しんけん》を使うことにこだわっていた。

ライアン王太子殿下は間一髪で剣を避《さ》けた。

ジョスラン殿下は「うっかり手が滑った」と繰り返し言い張っていたが、ケヴィンを含《ふく》む兵士たちにはジョスラン殿下がライアン王太子殿下を狙って投げたようにしか見えなかった。

真相を解明すれば第二王子を処刑《しょけい》する可能性が出るからか、裁判が開かれることもなくジョスラン殿下は王都から遠く離《はな》れた王家の領地に送られた。

その後、ライアン王太子殿下は国王に即位された。

今回、そのライアン国王陛下もお亡くなりになったので、『かつて実の兄を殺そうとしたかもしれない人物』は王城に戻って新国王になったのだ。

反対の声もあったが、王位継承《けいしょう》順位を反故《ほご》にするほどの理由は誰も挙げられなかった。

リーズはソフィア様の手を握《にぎ》り「ご安心ください。お子様のお命は私が全力でお守りします。神に誓《ちか》ってお約束いたします」と安心させるように優しく返事をしていた。

ソフィア様は安心したお顔になり、やがてやってきた陣痛に顔を歪《ゆが》めながら「ありがとうリーズ、ごめんなさいケヴィン」と小さな声でおっしゃった。

お産は長引き、ソフィア様は陣痛に苦しみながら二日目を迎えた。

「このままではおなかのお子様の体力が尽《つ》きてしまう」と医者も産婆《さんば》も酷く心配し始めた。

陣痛が始まってから二日目の夜。

ソフィア様のお産の途中《とちゅう》で大量出血が起きたらしかった。

ドアの外にいるケヴィンにも室内の慌てた声は聞こえてきた。手の打ちようがないまま、どうにかお子様は産まれた。産声《うぶごえ》を聞いて、ホッとしたのを覚えている。

だがソフィア様はお産の直後に意識を失い、そのまま息を引き取られた。

ソフィア様がお亡くなりになり、部屋は大変な騒《さわ》ぎになった。

皆はソフィア様のベッドの周囲で嘆《なげ》き悲《かな》しんでいる。その隙にリーズはそっと赤《あか》ん坊《ぼう》を籠《かご》に入れ、「乳母《うば》のところにお乳を貰《もら》いに行って来ます」と告げて部屋を出た。

「誰も自分と赤子の方を振り返らなかった」とリーズは言っていた。

リーズは部屋を出てケヴィンと目を合わせると、生まれたばかりの赤子が息をできる程度にふんわりと小さな布を被《かぶ》せて中を隠《かく》した。それを確認《かくにん》してケヴィンもそっと持ち場を離れた。もう一人の警護の騎士《きし》には「一緒に行ってくる」とだけ告げた。

ケヴィンは城門の手前でリーズから籠を受け取り、それを脇に抱えて（泣かないでください。どうか、少しの間だけは泣き声を出さないでください）と赤子に願いながら門番の前を通った。

城門を出たあとは、赤子とリーズの三人で夜道を馬で逃げた。

「自分たちは名前を変えて、二人でこの子を育てよう」と話し合いながら馬を急がせた。

そして……。

そこから先の記憶がない。全く何も思い出せない。

時おり二十代のリーズの笑顔を思い出すし、シャーロットと名付けたはずの赤ん坊はその後どうなったのだろうと思う。自分は三十二歳だったはずなのに、鏡の中の自分は五十近い外見になっている。

城から逃げたあとのことを思い出そうとすると、急に頭の中が真っ白になる。そして胸が掻《か》きむしられるような、じっとしていられないような焦燥《しょうそう》に駆られる。

土砂崩れに巻き込まれてから二ヶ月後には、ケヴィンは杖《つえ》なしで動けるようになった。クレールとの暮らしにも馴染《なじ》んできた。

だが失われた記憶は一向に戻らないままだ。

クレールはクレールで「どうしようもないことなら言わない方がケヴィンのためだろう」と判断し、ケヴィンに馬車のことは言っていない。

「あなたは一人で土砂に埋まっていた」と説明していた。

クレールは二十年前に夫を病で亡くして以来、独りで自給自足の生活をする農民だ。今は穏《おだ》やかな性格のケヴィンとの暮らしに馴染み始めている。

クレールは「町の警備隊に事情を話して掲示板《けいじばん》にケヴィンのことを貼《は》り出してもらいましょうよ」と提案したがケヴィンは「絶対にやめてほしい。そんなことは望んでない」と言う。理由を聞いても答えない。

クレールはそんなケヴィンの態度に少しの不安はあったものの、ケヴィンを追い出さなかった。

ケヴィンは（シャーロット様はどうなったのだろう。リーズはどこにいるのだろう。そもそも俺《おれ》は今までどこで暮らしていたのか）と中途半端《ちゅうとはんぱ》な自分の記憶がもどかしい。

一人になったときや畑仕事の最中、ケヴィンは失われた日々のことを思い出そうとする。

だがどうしても思い出せない。

「まずはシャーロット様を探さなくては」

自分たちはこの国に住んでいたのだろうか。そう仮定しても、この国の王都に住んでいたとは思えなかった。ソフィア様に頼まれたことを実行したのなら、自分とリーズは人のいない森や町外れに住む場所を求めたはずだ、と思う。

骨折がすっかり癒《い》えたある日、ケヴィンはクレールの家を出て二人を探さなくては、と決心した。

「クレール、俺には探し出さなければならない人がいる。あなたにはとても世話になった。いつか必ずお礼はする」

黙って話を聞いていたクレールは（今こそ本当のことを告げるべきだ）と思った。

「ケヴィン、あなたはおそらく馬車でここを通りかかったんだと思う。その馬車は土砂崩れで潰れ、二度目の崖崩れで崖下に落ちたの。中に人がいたかどうかはわからないわ。今まで隠していてごめんなさい。あなたが覚えていないことで苦しむのは気の毒で言えなかったの」

それを聞いたケヴィンは家を走り出て、街道まで下った。崖下を覗《のぞ》き込み、膨大《ぼうだい》な量の土砂を呆然《ぼうぜん》と眺《なが》めた。背後から足音が聞こえて、ケヴィンは後ろから付いてきたクレールを振り返った。

「馬車に人が乗っていたのかいなかったのか、俺は何が何でも確かめなければならないんだよ。クレール、お礼は必ずする。畑仕事も手伝う。だから頼む、俺をもう少しここに置いてくれないか」

「いいわよ。好きなだけここにいればいいわ」

クレールは（また元の一人暮らしに戻るのは寂しい）と思い始めていたところだったから、ケヴィンとの別れが先送りになったことはありがたかった。

ケヴィンは昼間は畑仕事を手伝いながら、朝夕の時間を使って毎日一人で土砂を取り除き続けた。

◇　◇　◇

シャーロットの養母マーサの本名はリーズ・オーバン。

バンタース王国のオーバン男爵《だんしやく》家の三女だった。

侯爵《こうしやく》家に行儀見習《ぎようぎ》いに上がり、侯爵家のご令嬢《れいじよう》ソフィア様に気に入られ、そのままソフィア王妃《おうひ》殿下《でんか》付きの侍女になった。オーバン男爵家にとってリーズは出世頭《しゆつせがしら》だ。

そのリーズが『ソフィア様の生まれたばかりのお子様を連れ去った』ことは、とんでもない大事件である。

オーバン男爵家は領地なしの貴族で代々文官を務める堅《かた》い家柄《いえがら》だったが、この事件で父と兄は職を失い、爵位《しゃくい》も取り上げられた。

平民となった兄のエイデンは代筆業、代読業、商家の書類仕事などをして働いている。

だが、エイデンも両親もリーズを恨《うら》んではいない。

なぜならソフィア様のご両親から密《ひそ》かに援助《えんじょ》を受けていたからである。


リーズはシャーロットを連れて城から逃げてからしばらくして、ソフィア様のお父上である前侯爵に事情を書いた手紙を送っていた。

『ソフィア様は生まれてくるお子様の命が狙われるのを恐れ、私とケヴィンに遠くの地でシャーロット様を育てるようにとおっしゃいました。シャーロット様はご無事で健《すこ》やかにお育ちです。お名前はソフィア様が付けられました』

赤子の髪《かみ》がひと房《ふさ》、赤いリボンで束ねられて手紙に同封《どうふう》されていた。細く柔らかい赤子の髪の色は、前侯爵の愛娘《まなむすめ》と同じダークブロンドだった。

それまで悲嘆《ひたん》に暮れていた前侯爵夫妻は涙《なみだ》を流して喜び、苦しい生活を強《し》いられていたリーズの実家を夫妻の私費で援助することにした。

しかし当主となった長男は両親に、「ソフィアの子が殺される前に連れ出されたなら、むしろ幸いだった。しかしそれを知られたら私と私の子が目を付けられてしまう。もう一切《いっさい》その件に関わらないでください」と釘《くぎ》を刺《さ》した。

「多くは望むまい。シャーロットにはソフィアの分まで生きてもらえれば良い。リーズの忠義に感謝する」

前侯爵はエイデンにそう伝えた。

その後も年に一度ずつ前侯爵夫妻に送られてくる手紙で、シャーロットの成長の様子を知ることができた。シャーロットは愛娘のソフィアそっくりに育っているらしかった。手紙には差出人の名前も住所も書かれていなかった。

人を使って調べた結果、手紙が隣国の王都の業者を使って送られてきていることだけはわかった。

◇◇◇

シャーロットが十六歳になる頃《ころ》、マーサは体調を崩していた。

とにかく胃が痛い。顔色も悪くなり最近は痩《や》せてきた。だがシャーロットの前では必死に元気なふりをし続けた。

（どうせ助からないのなら、この子に心配をかける時間は短いほうがいい）

そう覚悟《かくご》を決めていたマーサだったが、「死ぬ前に迷惑《めいわく》をかけた家族に謝《あやま》りたい、ひと目だけでも顔を見たい」と願うようになった。

マーサがそう訴《うった》えた時、リックは反対した。

「その身体で母国に向かうのは無理だ。寿命《じゅみょう》を削《けず》ってしまう。諦《あきら》めてくれないか。俺とシャーロットのためと思って一日でも長く生きてくれよ」

それを聞いたマーサは「そうだったわね」と弱々しく微笑《ほほえ》み、それ以上は何も言わなかった。

だがそれ以降マーサが少しずつ弱っていくのを見て、リックは考えを変えた。

「危険を冒《おか》すことになるが、義兄《あに》上に手紙を出そう。この国まで義兄上に来てもらおう」

リックの言葉を聞き、マーサは手紙を書き、それをリックが王都の業者に運んで配達を依頼《いらい》した。

『自分は大病でもう長くない。死ぬ前にひと目、父様母様兄様に会いたい』

エイデン・オーバンの家に、妹のリーズから手紙が届いた。実に十六年ぶりの手紙だ。

エイデンは読んでいる途中から涙を堪《こら》えきれず、すすり泣く。妹がなぜあんなことをしたのかは、前侯爵様から知らされていた。

妹は忠義者だったばかりに十六年間も隠れて生きている。

おそらく生活も苦しかっただろう。

兄としては（ソフィア様の願いを聞かなかったことにして平穏無事《へいおんぶじ》に生きる道もあっただろうに）と妹を不憫《ふびん》に思う。

しかし妹はソフィア様のお子様を育て続け、もうすぐ命が尽きるという段になって家族に会いたいと伝えてきた。エイデンは妹が可哀想でならなかった。両親は既に他界していたから、エイデンは（なんとしても妹に会いに行こう）と決めた。


『十二月の十九日、昼頃《ひるごろ》にランシェル王国で会えないでしょうか。本来なら私からそちらまで向かうべきですが、病が重く遠くまで行けません。ランシェルの王都とカナンの町の途中にニールスという集落があります。ニールスの街道沿いに、欅の大木が生えている場所があります。そこで待っています』

手紙には住所が書かれていなかった。妹はこの期に及《およ》んでもまだ、兄の自分にさえシャーロット様の居場所を隠すのだ。

「リーズ、お前、忠義者にも程《ほど》があるよ」

エイデンは妹を思って男泣きした。

住所が書かれていない以上『家族が来るか来ないかわからなくてもその場で待っている』ということだ。エイデンは十二月十九日に間に合うよう国を出た。


その日、リックとマーサはかなり早めに大欅《けやき》に到着《とうちゃく》していた。

「マーサ、疑うわけではないが、義兄上がどんな状況《じょうきょう》で来るのかわからない。お前は、まずは離れた場所で隠れて様子を見ていたほうがいい。陛下の手の者が尾行《びこう》している可能性もある」

「わかったわ」

マーサはリックの言葉に従って、離れた茂《しげ》みに隠れて様子を見ていた。

一方、目印の大欅を見つけたエイデンは、欅の下に停《と》まっている馬車とその少し手前で立っている男に気がついた。五十前後の男がエイデンの馬車に向かって頭を下げた。エイデンは自ら手綱《たづな》を取っていた馬車を少し手前で止め、辺りをうかがってから声をかけた。

「もしやケヴィンか？」

「はい。エイデン様。リーズと共に暮らしております」

「リーズはどこだ？　リーズはよほど具合が悪いのだろうか。早く会わせてくれ」

会話の間も二人は見晴らしが良い場所にもかかわらず、辺りを警戒《けいかい》し続けた。

エイデンが御者席から降りようとした時だ。ゴゴゴゴと地鳴りが始まった。

そこから先はあっという間の出来事だった。

エイデンの目の前に大量の土砂がなだれ込んで、今の今まで目の前にあったケヴィンの馬車を一瞬《いっしゅん》で押し潰した。

土砂崩れが収まるのを待って、エイデンはケビンと馬車があった辺りに近寄った。ケヴィンは首から上だけが見えているものの、頭部の傷から酷く出血していてピクリとも動かない。

「ケヴィン！　目を開けてくれ！　リーズ！　リーズ！　どこにいるんだ？　返事をしてくれ！　ああ、なんてことだ……」

エイデンは馬車が埋まっている辺りに目をやる。もう長くないと書いて送ってきた妹は、間違いなく馬車の中で死んでいるだろうと思った。掘り出せそうもない膨大な量の土砂を見て、エイデンはガクリと膝を折り、地面に手をついた。

マーサは一部始終を離れた茂みの中から見ていた。

そしてふらふらと薮《やぶ》の中から姿を現し、土砂に向かって歩いた。それに気づくエイデン。

十六年ぶりに会った妹はすっかり年を取り、見るからに具合が悪そうな顔色である。

「リーズ！　お前、お前、無事だったのか！」

「兄様《にい》、どうしよう、リックが、リックが！　私のせいだわ。ああ、どうしよう！」

そこまで言ってマーサはヘナヘナと座《すわ》り込んだ。

マーサは斜面が崩れたのを見た時から、胃が焼けるように熱く痛い。

エイデンは石や岩の交じった土砂の山を避けて大きく斜面側に回り込みながら進む。街道の端の方を進むが、そこも腿《もも》まで土砂が積もっている。

エイデンはやっとのことで妹のところまでたどり着いた。妹はガタガタと震えていて顔色が真っ白だ。

（これはまずい）

エイデンは有無《うむ》を言わさず妹を背負い、再び苦労して土砂の山を迂回《うかい》しながら自分の馬車へと妹を運んだ。背負った妹は驚くほど軽い。その軽さに胸が潰れる思いをしながら、妹を馬車に横たえた。チラリとケヴィンを振り返ったが、やはりケヴィンは生きている気配がない。

「許せ、ケヴィン」

エイデンは今にも息絶えそうに見える妹を優先した。

馬車の向きを変え、馬を急がせた。せめて最後はどこか暖かいベッドの上で最期《さいご》を看取《みと》ってやりたかった。エイデンからは、斜面の上の奥まった場所に建てられているクレールの家は見えなかった。

(来る途中に農家があった。あそこまで行けば……)

馬車を走らせ、覚えていた農家にたどり着いた。

エイデンは妹を抱《だ》いてその農家に駆け込んだ。農家の住人は土まみれで血走った目をした貴族風の男性とぐったりと抱《かか》えられている女性の様子に驚いた。

「どうなさいましたか!」

「すまない、土砂崩れに遭遇《そうぐう》してしまったのです。どこか部屋を使わせてもらえないだろうか」

農夫は急いで自分たちの寝室《しんしつ》を提供し、暖炉に火を焚《た》いてくれた。

「申し訳ありません。この辺りにお医者様はいないのです」

そう頭を下げる農夫に、エイデンは首を振《ふ》った。

「こうして暖かい場所を貸してもらえるだけでも感謝しています」

(兄にシャーロットの居場所を伝えるべきか、隠すべきか)

兄と農夫の会話を聞きながら、リーズは必死に考えを巡《めぐ》らせていた。

おそらく自分の持ち時間はもうすぐ尽きる。自分たちが戻《もど》らなければシャーロットはエドル商会に行くだろう。生きていくための技術は自分たちが知っている限り伝えてきた。

（もう、あの子には王家からもあの国からも縁《えん》を切らせたい。この国で平凡《へいぼん》に平和に生きてほしい）

リーズは兄にシャーロットの居場所は言わないと決めた。

「リーズ、ソフィア様のお子様はどこにいる？　お前たちの家はどこなんだ？　私がお子様を迎《むか》えに行くよ」

しかしリーズはそれには答えない。

「兄様、会えて嬉《うれ》しかった。迷惑をかけてごめんなさい」

それだけを伝えて目を閉じた。

リーズはゆっくり薄《うす》れゆく意識の中で愛する娘《むすめ》を思い出していた。

シャーロットが初めて立った時のこと。

ヨチヨチ歩きで嬉しそうに自分に近づいて来る様子。

初めて「あーたん」と自分を呼んでくれた時の嬉しさ。

甘《あま》い野いちごを食べて目を丸くした幼い笑顔《えがお》。

夫と二人で弓矢を放つ凛々《りり》しい立ち姿。

リーズにとってシャーロットは、ソフィア様からの預かり物ではなくなっていた。自分の命よりも大切で愛《いと》しい娘だ。

（私のシャーロット。どうか、強く生きて）

こふり、と口から細く血をあふれさせ、マーサ・アルベールことリーズ・オーバンは、その夜、兄に見守られながら息を引き取った。

翌朝、エイデンは農家の主人に妹を埋葬《まいそう》したい旨《むね》を告げ、墓の用意をしてもらっている間に急いでケヴィンの所へ戻った。

土砂崩れの現場では、四十人ほどが集まって土砂《どしゃ》を取り除く作業をしている。

エイデンはワイワイガヤガヤと賑《にぎ》やかな集団の一人にそっと「ここに人は埋まっていませんでしたか」と尋ねたが、農民たちはみんな「初日から作業をしているが、誰《だれ》も埋まっていなかった」と言うのみ。

（どういうことだ？　生きてたのか？）

それ以上は探しようもなく、エイデンは不慣れな他国で手続きを済ませ、妹をその地区の墓地に埋葬した。

真新しい墓石に触《ふ》れながらエイデンが静かに話しかける。

「リーズ。お前は本当によく頑張った。これからはのんびりするんだぞ。ケヴィンがもしそっちにいるのなら、仲良くな。父さんと母さんもきっと待ってる。私もいずれそっちに行くよ」

エイデンは帰国後、前侯爵夫妻に今回のことを残らず報告した。

第四章　オレリアン第一王子

ランシェル王国のオレリアン第一王子は八歳《さい》。女の子と言っても通る愛らしい顔だ。

王子は現在左腕《ひだりうで》を骨折中で、白い布で腕《うで》を吊《つ》っている。これは侍女の制止を無視した結果だ。

「おやめください！」という声を聞きながら階段の手すりをうつ伏《ぶ》せになって滑り降《お》りたら、思っていたよりもスピードが出た。

オレリアンは、（あれ？）と慌《あわ》てて手すりに掴《つか》まった。

すると勢いがついていた軽い身体は、止まる代わりになぜか手すりの外側にポーンと吹《ふ》っ飛んでしまった。床に顔が叩《たた》きつけられる前に思わず先に手を出したら、ポッキリと左腕の骨が折れた。

そこからは大騒《おおさわ》ぎだ。

常駐《じょうちゅう》している老医師が呼び出され、見ていた侍女二人の気分が悪くなり、会議中だった父と茶会中だった母が鬼《おに》の形相でやって来た。

国王である父は激怒《げきど》した。

「オレリアン！　あれほど手すりを滑ってはならんと言っていただろうが！」

「くぅう」

脂汗《あぶらあせ》を流しながら骨折の痛みに耐《た》えているというのに、枕元《まくらもと》で大声で怒鳴《どな》られた。オレリアンは情けない声を出して、父の背後にいる母に目で助けを求めた。ところが頼みの綱《つな》の母は、父より目を吊り上げて自分を睨《にら》んでいた。これはもうおとなしく説教を聞くしかないと諦めたところで、父に追い打ちをかけられる。

「侍女ではお前を止められないということがわかった。今後は護衛に二十四時間きっちり監視《かんし》させる」

「ええええ！」

「オレリアン！」

「はぁい父上」

「はいと言わんか！　はいと！」

「はい、父上」

「場合によっては首の骨を折って死んでいたかもしれんのだぞ！」

「……」

（そんな失敗はしません）と言えばお説教が長くなるのはわかっていたので、オレリアンは黙《だま》って目を閉じた。やがて父と母は肩《かた》を怒《いか》らせて部屋から出て行った。

一部始終を脇《わき》で見ていた老医師はもっともらしい顔で説教をする。

「いい薬になりましたな、殿下。そろそろ考えなしの行動は控《ひか》えろという神の思《おぼ》し召《め》しですよ」

笑いながらそんな憎《にく》たらしいことを言う。

「神の思し召しではない。これはちょっとした手違《てちが》いだ」

すると老医師は少し驚いた顔になった。

「ほほう。親子とはこうも似るものですかな。陛下も昔、木から飛び降りて腕を折った時に、全く同じことをおっしゃいましたよ。はっはっはっは」

老医師は愉快《ゆかい》そうに笑って出て行った。

（なんだ、父上も失敗して骨を折っていたのか）

オレリアンは少しだけ気分が良くなった。

その日からオレリアンの部屋には屈強《くっきょう》な護衛が一人と侍女が三人常駐している。今まで護衛は部屋の外にいたのに、今日から室内で自分を見張るらしい。オレリアンは絶望した。

（春になったら小さな赤ちゃんカマキリがたくさん出てくる花壇《かだん》のあの卵も、おなかが膨《ふく》らんできたあの羊が産む子羊も、もう見に行けないのだろうか。毎年、庭師が『内緒《ないしょ》ですよ』と言って食べさせてくれる早春の苺《いちご》も、護衛に止められてしまうのだろうか）

「ああ、世も末だ」

「ぷっ」

深刻な顔で覚えたばかりの言葉をつぶやいたら、護衛が堪えきれないように吹き出した。キッと睨んだら視線を外された。

（今日の護衛は意地が悪いようだ。悲しい）

その夜は熱も出た。侍女たちが交代で一晩中額の濡らした布を取り替《か》えてくれたが、少しでも身動きすると腕に激痛が走る。

仕方ないのでおとなしくベッドに入っていたが、眠《ねむ》りが訪《おとず》れて無意識に身動きすると腕の痛みで目が覚める。それを繰《く》り返していたら、寝《ね》た気がしないまま朝を迎えた。

薄暗《うすぐら》い寝室の壁際《かべぎわ》に意地悪護衛は立っている。よく見ると、立ったまま目をつぶっていた。

（仕事中に寝るなど、護衛失格じゃないか。だけどちょうどいいか）

オレリアンは静かにベッドを抜《ぬ》け出し、机の引き出しにしまってある遠眼鏡《とおめがね》を取り出して部屋を抜け出そうとした。

「殿下、本日は外出禁止です」

背後から野太い声がしてオレリアンは飛び上がった。

「寝ていたのに起きたのか」

「寝ておりません」

「いや、寝てたね。見たぞ」

「殿下の見間違《みまちが》いでございます」

（今日の護衛は意地悪で怠《なま》け者《もの》の上に嘘《うそ》つきだ）

ショボショボした顔でベッドに戻りながら、オレリアンは白鷹《はくたか》隊のシモンに会いたいと思った。

シモンは主に父の護衛を務めていて、自分のそばにはあまり来ることがない。だがシモンはちょっとしたボードゲームを教えてくれたり、剣の相手をしてくれたり、遠征《えんせい》で見た景色の話をしてくれたりするから大好きだ。


翌日も痛みで寝たのか寝ていないのかわからないまま朝を迎えた。

遠くで鶏《にわとり》が鳴いて（朝になってしまった）と思ったのだが、鶏の声の他に「カンカンカン！」という木と木がぶつかる音が遠くから聞こえてくる。

すぐに起き上がって遠眼鏡を手に取り、自分を見ている護衛に声をかけた。

「見張りの塔《とう》に行く」

「では抱き上げさせていただきます」

「そうか。では頼《たの》む」

もう八歳だというのに抱っこされるのは悔《くや》しいが、階段を上るにはその方が早いだろうと我慢《がまん》した。

塔のてっぺんに着いてもまだカンカンという音は聞こえてくる。オレリアンは急いで遠眼鏡を取り出して音の出どころを探した。

遠眼鏡を動かしてあちこちを探すと、大好きなシモンが髪の長い相手と剣の稽古《けいこ》をしていた。片腕《かたうで》で苦労しつつレンズをゆっくり回してピントを合わせると、髪の長い相手は女性だった。

（へえ！）

剣を振るう女性を初めて見た。その女性は白鷹隊のシモンを相手に激しく木剣《ぼっけん》を交えている。実に格好がいい女性だ、と感心した。

再び抱っこで部屋に戻り、護衛にシモンを呼んでくるよう頼むと、シモンはすぐにやって来た。

「殿下《でんか》。おはようございます」

「おはよう。ねえ、シモン。さっき稽古していたのは誰？　きれいな女性と剣の稽古をしていただろう？」

壁際で立っていた護衛が（ほお？）という顔になり、シモンは少々慌てた。シャーロットとの唯一《ゆいいつ》の接点である朝稽古のことは、まだ誰にも知られたくなかった。

オレリアンは天使のような顔で微笑んでから、シモンに小声で耳打ちした。

「シモン、父上と母上にはあの女性のことは内緒にするよ。だから今度、あの女性を連れてきてよ。会ってみたいんだ」

シモンはこのやんちゃで頭も回る王子が好きだったが、今朝ばかりは（小僧《こぞう》め）と恨めしく思う。

陛下も王妃殿下も貴族家の長男であるシモンを心配して「早く結婚《けっこん》しなさい」と繰り返し促《うなが》している。陛下とシモンは遠縁《とおえん》なのだ。シャーロットのことを知られたら「平民では身分が」と会うことを禁止されかねない。

まだ種から芽が出てもいない時点でそんな事態になるのは避けたかった。

（仕方ない、ここは殿下の要求を聞くか）

「少々お時間をいただけますか」

「うん。楽しみに待ってる！」

オレリアンは交渉《こうしょう》が成立したことを察してニッコリ微笑んだ。


衣装《いしょう》部の長ルーシーは、突然《とつぜん》衣装部を訪問してきたシモンを相手に、少々機嫌《きげん》が悪い。

「シモン様、シャーロットは殿下の遊び相手ではありませんよ？」

「それはもう、重々承知しています」

「でしたら、そのようなご要望はシモン様の段階で止めていただかないと困ります」

「申し訳ない。しかし殿下はあの通り、お怪我《けが》で動けず、退屈《たいくつ》なさっているのでしょう」

「それは存じております。間に入られたシモン様もお困りでしょうから、今日はシャーロットを貸し出します。ですが今日だけにしてくださいませ。我々も雑用係がいないと仕事に差《さ》し障《さわ》りが出ますので」

「助かります。申し訳ない」

二人の近くで話を聞いているシャーロットの眉《まゆ》はこれ以上ないくらい下がっている。シモンが衣装部に入ってきた時は、衣装部の女性全員が目をキラキラさせて（何事かしら？）とシモンを見つめた。

だがオレリアン殿下がシャーロットを呼び出していると聞くと、皆《みな》が一斉《いっせい》に（ええー、シャーロットを連れて行っちゃうの？）という顔になり、ルーシーは露骨《ろこつ》に（困るわね）という顔になった。

シモンがルーシーに何度も「申し訳ない」と詫《わ》びを入れてから、シャーロットと二人で王族の居住区域に向かって歩いた。

そして歩きながら事情を説明してくれた。

「先日の朝稽古を殿下がご覧になっていたようで、君に会いたいとおっしゃっているんだよ」

「私は一体何をすればよいのでしょう」

「わからない。殿下は腕を骨折なさっているから剣《けん》の相手ではないし。話し相手かな」

「私、淑女《しゅくじょ》のマナーは母に習っただけで、殿下の前でちゃんとできるかどうか、全然自信がありません」

「その辺は私的な面会だから大丈夫《だいじょうぶ》だよ」

歩き進むうちに、壁には精緻《せいち》な柄《がら》の織物や由緒《ゆいしょ》ありそうな絵画が並ぶようになった。

真っ白で大きな扉《とびら》の前でシモンが足を止めた。ドアハンドルは金色で、握《にぎ》り部分には細かいツタ模様が刻まれている。

（このドアハンドル、模様が細かくてお掃除《そうじ》するのが大変そう）と思いながらシャーロットが眺めていると、シモンのノックに応じて中から可愛《かわい》い声が聞こえてきた。

「入っていいよ」

シモンに続いてシャーロットがオレリアン殿下の私室に入った。

南側一面の大きな窓から入る陽射《ひざ》しで、広い部屋は温室のように暖かい。それまで寄りかかっていたソファーの背もたれから殿下が身体を起こした。

「やあ、あなたがシャーロットなの？」

「オレリアン殿下にご挨拶《あいさつ》申し上げます。下級侍女《じじょ》のシャーロット・アルベールでございます」

「鍛錬《たんれん》の様子、見たよ。女性なのにシモンに負けずに剣の稽古をしていたね。あなたは騎士の家の出なの？」

「いいえ。私の父は猟師《りょうし》でございます」

「へえ！　猟師って森で動物を狩《か》るんでしょう？　なぜ君の父親は剣を扱《あつか》えるの？　誰かに習ったの？」

「父がなぜ剣を扱えたのかは私にもわかりません。私は他の家を知らずに育ちましたので、父親とはそういうものだと思《おも》い込《こ》んでおりました」

そこから先はワクワクした顔のオレリアンの質問攻《ぜ》めが続き、シャーロットは尋《たず》ねられるままに自分の生い立ちを話した。傍《かたわ》らで聞いていたシモンは、シャーロットの過去に驚《おどろ》いている。

「じゃあ、今も休みのたびに家に帰っているのかい？」

「はい殿下」

「一人で森の中の家にいるのは寂《さび》しいだろう？」

「いいえ。私が育てた小鳥が会いに来てくれます。私の子どものような小鳥なので、寂しくはございません」

「小鳥？」

シモンは（あ、これはまずい）と思った。オレリアン殿下は生き物、特に野にいる小鳥が大好きなのだ。

（これは絶対にその小鳥を見たいと言い出すな）と思った直後に、殿下の明るい声が広い部屋に響《ひび》いた。

「シモン！　シャーロットの家に行きたい。その小鳥に会いたい！　いいだろう？」

「殿下、陛下のお許しがあれば」

二人のやり取りを聞いてシャーロットが慌てた。

「シモン様！　無理です。我《わ》が家《や》は森の中の小さな家です。殿下をお迎えするなんて、できません！」

シャーロットの小声を聞き取って、オレリアンはウンウンと鷹揚《おうよう》にうなずく。

「心配はいらないよ。民の暮らしを知るのも王族の務めだからね」

「違《ちが》いますよね、殿下。シャーロットの育てた小鳥が見たいだけですよね？」

「そうとも言えるが民の暮らしを見に行く勉強とも言える」

シモンが「ふうぅ」と天井《てんじょう》を一度見上げてからニッと作り笑顔で意見を述べた。

「殿下、陛下のお許しが出たらお連れしましょう」

「ええー。きっと父上はお許しくださらないよ」

「では私はご案内できませんね。殿下、シャーロットは仕事がありますので。そろそろ仕事に戻してもよろしいですか？」

「シャーロット、もう少し、もう少しいいかい？　森の中の話を聞きたいんだ」

そう頼み込んだ時のオレリアンは生意気盛《ざか》りの王子ではなく、抱えきれないほどの好奇《こうき》心《しん》を持ちながら限られた世界で暮らしている男の子の顔になっていた。

シャーロットはこの王子が少し気の毒になった。

（贅沢《ぜいたく》な暮らしをなさっていても、お立場上わずかな自由しかないのでしょうね）

そう思ったのだ。

「はい、殿下。では森の暮らしのお話をいたしましょう」

「ありがとうシャーロット！　シモン、お前はもう仕事に戻っていいよ」

あっさりそう言われてシモンが壁際の兵士に視線を向ける。顔なじみの護衛が（あとは任せろ）と言うようにうなずいた。

「では殿下、失礼いたします」

そう言ってシモンは退出した。

シャーロットのことが心配だったが、やるべきことはたくさんある身だ。職場に連絡《れんらく》しないまま既《すで》にだいぶ遅刻《ちこく》していた。


シモンが退出したあと、シャーロットは王子の向かい側に座ることを許され、森の家での暮らしについて話した。

弓矢で鴨《かも》やウサギ、イノシシや鹿を狩っていること。毛皮を剥《は》いでなめして、襟巻《えりま》きやコート、ブーツを作ること。それらの肉を暖炉《だんろ》で調理すること。暖炉の灰で洗濯《せんたく》をすること。

ピチットと一緒《いっしょ》に森に出かけ、クルミを拾って食べること。

オレリアンは勇者の冒険譚《ぼうけんたん》を聞いているかのように、身を乗り出し、目を輝《かがや》かせながら聞き入っている。

今までこの王子の周囲にいたのは、全員が貴族出身の侍女や護衛だった。彼《かれ》らからは自分が知っている世界の話しか聞けなかった。

だから動物好きなオレリアンにとって、シャーロットの話は胸躍《おど》る夢の世界の話だ。

「シャーロット、僕《ぼく》、やっぱり君の家に行きたいよ。シャーロットが弓で狩りをするところを見たい。森でクルミを拾って食べてみたい」

「殿下、森はつまずきやすく、危険な動物もいます。お怪我が治ってからになさいませんか？　それと、陛下のお許しがなければ、殿下をご案内したくても私にはどうしようもないのでございます」

「それはそうだね」

しばらくオレリアンは考えた。

ただ願い出ただけでは父も母も許してくれないことはわかっていた。

(何かのご褒美《ほうび》、という形にしないとならないな)

そう考えたオレリアンは、いいことを思いついた。

「わかった。ではシャーロットの家に行けるよう、勉強を頑張《がんば》るよ」

「はい、殿下。頑張ってくださいませ」

「森の話をありがとう。仕事に戻っていいよ」

ホッとした顔になって丁寧《ていねい》にお辞儀《じぎ》をしたシャーロットが出て行く。その後ろ姿を見ながら、オレリアンは考えた。

父が最も喜ぶこととはなんだろうか。

「やはり学問だろうな」

そう声に出してスタッと立ち上がる。そのまま机に向かい、侍女が引いてくれた椅子《いす》にゆっくり腰《こし》を下ろした。片腕を動かせないだけでバランスを取るのに神経を使う。医師も「片腕を固定している時は転びやすいのでお気をつけて」と言っていた。

「さて」

そう言ってオレリアンは「ランシェル王国の歴史」という本を開いた。いつもなら退屈する本だが今日は違う。

これを次回の授業までに頭に入れておけば、教師が驚くだろう。そして父に『殿下は頑張っておられます』と報告するだろう。

すると父がご機嫌になり、『何か褒美を』と言ってくれたらこっちのものだ。その時は『民の暮らしをこの目で見て、この国の政治がちゃんと行き届いているか見学したい』と言うのだ。

「うん、完璧《かんぺき》な計画だな」

そう独り言を言って、オレリアンは無事だった右手で本の要点をまとめて頭に入れることに没頭《ぼっとう》した。

幕間　あの日の侵入者レオ

バンタース王国はシャーロットの住むランシェル王国の東隣《ひがしどなり》に位置する国だ。

そのバンタース王国では王太子の二十歳《はたち》の誕生祝いの会が近々開かれる。

当日の少し前から各国の使者が贈り物《おくりもの》を携《たずさ》えてやって来る。その使者たちと従者たちの宿泊《しゅくはく》の準備、夜会の準備。やるべきことは果てしなくある。使用人たちは膨大《ぼうだい》な仕事をこなすために走り回っていた。

そんな慌ただしい城の中で、国王ジョスランの私室だけは静かだった。国王と向かい合っているのは、シャーロットの家に入り込んでいた、あの男である。

「それで？」

「いまだに見つかりません。申し訳ございません」

「全く手がかりもないのか？」

「はい。何組かそれらしい親子を見つけましたが、親の外見がケヴィンとリーズの外見に合いませんでした」

「これだけの年月が過ぎても見つからぬとは。もう死んだのかも知れぬな」

「……はい」

「だが引き続き探せ。見つけ次第お前の役目を果たせ」

「はっ」

レオは国王ジョスランの私室から退室し、すぐに城の庭へと下りた。

(陛下はずいぶんやつれていた。病気だろうか)

ジョスラン国王の贅肉《ぜいにく》がつき過ぎていた身体は、会うたびに空気が抜けているかのように萎《しぼ》んできていた。肌《はだ》の色艶《いろつや》も悪かった。

城は王太子の誕生日を前に、建物の中も外もざわついている。その中をゆったり歩きながら、レオは森の中の家でのことを思い出していた。

レオはジョスラン国王直属の『私用をこなす使用人』だ。使用人になって最初に受けた指令が「前国王の娘を探し出して消せ」だった。

十七年前に生まれ、産まれた直後に連れ去られた赤子は、髪《かみ》の色も瞳《ひとみ》の色も定かではない。『おそらく茶色かダークブロンドの髪』『茶色系の瞳』の他に残された手がかりは、連れ去った侍女リーズと衛兵ケヴィンの外見だけだった。

レオはまず、バンタース王国の隅《すみ》から隅まで探し回った。

両親の外見を頼《たよ》りに探したが、捜索《そうさく》は無駄足《むだあし》に次ぐ無駄足。侍女と兵士では生計を立てる手段にも限りがあるだろうと予想して、人が多い街を探し歩いた。しかしそれらしい親子を見つけても人違《ひとちが》いばかりだった。

(さては、さっさと国外に逃《のが》れたか)

次は国内に見切りをつけ、ランシェル王国まで足を延ばして探し続けていた。空振《からぶ》りを続けながら町から町へと探し回っているところだった。

連れ去り事件の直後は十名いた捜索隊《そうさくたい》が、高齢《こうれい》になって抜けたり死亡したりして減っていった。人が減っても補充《ほじゅう》されず、今は事件当時十五歳だったレオ一人である。人員が補充されないのは国王の関心の度合いを反映しているのだろうとレオは考えている。

「こんな夫婦《ふうふ》と娘を探している」とキングストーンという町の市場で似顔絵を見せながら捜索していた時のこと。とある商店の奥《おく》さんが似顔絵に見覚えがあると言う。

「なんだか猟師のリックさんたちに似てるような気がするね。娘もいるし。でも、あなたはこの人達《たち》に何の用なの？」

「僕は甥《おい》っ子なんです。彼らを勘当《かんどう》した祖父が亡《な》くなったので、探し出して連れ戻してやれと父に言われて探しているんです」

「そうだったの。でも、あの夫婦はもう長いこと市場に来ていないわよ。一年か、それ以上かな。娘さんも来てないわね。引っ越《こ》したんじゃない？」

「そうですか。家はわかりますか？」

「さあ、詳《くわ》しいことは知らないけど、西の森から来てるって言ってたような気がするわね。でも確かじゃないわ」

「ありがとうございます。助かりました」

レオは丁寧に礼を言って西の森を目指した。

西の森とひと口に言っても森は広い。街道《かいどう》から森に入る道に片《かた》っ端《ぱし》から入ってみたが、道が細くなって最後は消える道ばかり。

（これはまた無駄足かな）

そう思いながら（今日はこの道で最後にしよう）と入った脇道《わきみち》は、最後に森の奥の一軒《いっけん》家《や》に続いていた。

「これが当たりだといいのだが」

一軒家に近づいたが人の気配はなく、ドアの前にこんもりと落ち葉が積もっている。空き家だ。その日はもう暗くなりかけていたから、得意の解錠《かいじょう》の技術でドアを開け、その家で夜を過ごした。

暖炉にくべる薪《まき》はあったが食べ物は一切《いっさい》なかった。台所の物入れをザッと見たが収穫《しゅうかく》なし。空腹のまま寝ていたら木剣を持った娘に怒鳴りつけられた。

森の家を追い払《はら》われてから、レオは考え込《かんが》むことが増えた。

十五歳の少年だった自分が三十二歳になり、何の成果もないまま費《つい》やされた十七年という歳月《さいげつ》。レオが自分の人生に疲《つか》れと虚《むな》しさを覚えるようになっている時だった。

（そんな時にあの娘にたどり着いてしまったことは意味があるのだろうか。自分には信仰《しんこう》心《しん》なんて、かけらもないはずなのに、神の皮肉を感じるな）

あの日、その娘をひと目見て（この娘《こ》だ）と確信した。美しい娘は、城にずらりと並べて飾《かざ》られている歴代国王夫妻の肖像画《しょうぞうが》の、ソフィア前王妃《おうひ》にそっくりだった。

「これで虚しい仕事から解放される」という喜びよりも、「こんな粗末《そまつ》な生活をしている娘を殺すために俺《おれ》は十七年も旅をし続けたのか」という苦い思いの方がはるかに大きかった。

どう見ても隣国《りんごく》の国王を脅《おびや》かす可能性はなさそうな暮らしぶりと、美しい娘のみすぼらしい身なりを見て憐《あわ》れみさえ感じた。

その娘がパンをくれた。これから殺されるとも知らずに。

他人の家に勝手に入り込んで食べ物を漁《あさ》った男と知ってもなお、なけなしのパンをくれる娘。

「お前はとことん最低な仕事をしてるよな」

頭の中に響いた声は、自分の心の声だったのか。それとも一緒に娘を探している途中《とちゅう》に流行病《はやりやまい》で死んだ兄の声だったのか。

犬猫《いぬねこ》でさえ一宿一飯の恩は忘れないのに、と思ったら仕事に入るきっかけを失ってしまった。

お人好《ひとよ》しの美しい娘。

腹黒い叔父《おじ》を安心させるためだけに命を狙《ねら》われる娘。

レオはどうしてもその場でその娘を手にかけることができず、いったん小屋を離《はな》れた。

時間を稼《かせ》いでから戻り、小屋の出入りを見張っていたが、リーズとケヴィンは帰って来なかった。彼らが戻らなくてもあの娘が探し求めていた人物だと確信しているのに、『まだ確証に欠ける』などと言い訳をしている自分に苦笑《くしょう》した。

眠れば凍死《とうし》するであろう寒い夜を、森の中で震《ふる》えながら過ごした。

翌日の午後、距離《きょり》を置いて娘を尾行《びこう》した。娘は来たときと同じ粗末な服装だった。長距離《ちょうきょり》を歩き慣れているらしく、驚くほどの早足で歩いて進む。

娘が城の使用人用の門に入って行くのを確認《かくにん》し、宿で眠ろうとしたがなかなか眠れない。

「王族の娘《むすめ》なのに、他国の城で使用人をしてるのか」

そう思うと、自分がこれから為《な》そうとしていることがますます惨《みじ》めで汚《きたな》い仕事に感じられる。

いっそその美貌《びぼう》を利用して贅沢な暮らしをするような女だったら良かったのにと思う。だがここで諦《あきら》めたら自分の十七年間が無駄《むだ》になると思うと、諦めきれない気持ちもあった。

ここで手を引いてしまったら、娘の捜索中に死んだ兄の命を無駄にするような気もした。

夕方、城から出てくる若い男に狙いを定めて後をつけ、酒場の近くで声をかけた。

「仕事で王都まで来たのだけど、この辺でお薦《すす》めの酒場はあるかい？　暇《ひま》つぶしに付き合ってくれたら酒と夕飯をごちそうするぜ？」

「いいんですか。そりゃありがたいな」

カモが引っかかり、酒を勧めてさりげなく話を聞いた。案の定、あの娘は美しい容姿で知られていた。

「ダークブロンドのスラッとした美人？　そりゃきっとシャーロットですよ。どこで見たんです？　市場で？　そうですか。あの娘は身持ちが堅《かた》くて誰も落とせないんです。それと、これは噂《うわさ》ですけどね、なんでも、両親が行方不明《ゆくえふめい》だそうで、休みのたびに家に帰って親を待っているそうですよ。城で働き出した時にはもう親が帰ってこないって言う話だから、一年以上ですかね」

（リーズとケヴィンは行方不明か。一年になるのなら、もう死んでいる可能性が高いな。あそこまで育てておいて投げ出すはずがない）

若い男は酒のお代わりを頼んでやると嬉《うれ》しそうな顔をした。

「シャーロットの仕事ですか？　下級侍女です。掃除、洗濯、買い物、なんでも引き受ける雑用係です。あー、でも最近は部署替《が》えしたって聞いたかな。あなたもひと目惚《めぼ》れしたんですか？　あの容姿は目立ちますからね、わかります！　わかりますよ！　シャーロットの次の休み？　さあ。来月のどこか、くらいしかわからないなあ。使用人の休みは直前に変わることもあるから」

大国の王位継承権《けいしょうけん》を持っているあの娘が、隣国の城で掃除や洗濯の仕事をしている。おそらく、己《おのれ》の出自を知らされていないのだろう。

レオは迷ったまま王都の宿に泊《と》まることにした。すぐさま行動に出ないのは「ここがお前の人生の分岐点《ぶんきてん》だぞ」という心の声がうるさかったからだ。

ゴミみたいな人生だった、とレオは振《ふ》り返る。

ジョスラン国王が王子時代、王都から離れた領地にいた当時、レオの父親は王子のために汚い仕事を引き受けていた。

レオの母は父を見限り「いつかあんたは処刑《しょけい》されるよ！」と言い捨てて出て行った。自分と兄は連れて行ってもらえなかった。

父親は自分の身体が老いてガタが来ると、兄と自分に汚い仕事を引き継《つ》がせ、金をせびった。

ベッドに大の字に寝転《ねころ》び、天井を眺《なが》めながら独り言をつぶやく。

「最低な男の子どもとして生まれて、俺はこれからも最低なゴミとして生きるのか」

ベッドの上で虚しく笑うレオ。しばらく天井を眺めていたが、突然《とつぜん》ガバッと起き上がった。

「いや、待て。ゴミは始末されないか？　用が済んでも口封《くちふう》じをされないって保証はないよな？　今もこの役目を担《にな》い続けているのは俺一人。俺が死ねば真相は誰《だれ》も知らない。ゴミがあっさり処分される可能性は？」

レオは十七年目にしてやっと対象者を見つけた途端《とたん》に、盲目的《もうもくてき》に服従している自分のこの先に疑問を持った。

「あの娘をやろうと思えばいつでもやれる。急ぐ必要はない。十七年も費やしたんだ」

ジョスラン国王を裏切ったとして、これから先、自分はどう生きればいいのか。まともな職に就《つ》いたこともない三十過ぎの男に、果たして真っ当な道は開けるのだろうか、と思う。

どうすべきか結論が出ないまま、レオはいったんバンタース王国に戻《もど》った。

『空振りでした』と定期報告をしてから再びランシェル王国に戻った。

思いついて宿の主に質問した。

「信用がおける職業仲介所《ちゅうかいじょ》はどこだい？」

「一番評判がいいのはエドル商会ですね」

そう教えられて、レオは王都にある職業紹介所《しょうかいじょ》「エドル商会」へと足を運んだ。商会の主らしい男は笑顔《えがお》で声をかけてきた。

「いらっしゃいませ。どのようなご用件で？」

「お城なら何でもいいです。募集《ぼしゅう》はありますか？」

第五章

刺繍のピチット

シャーロットはスザンヌの家で貰《もら》った白い布に刺繍していた。刺繍糸《ししゅういと》はゴミ箱に捨てられていたのを拾い集めたものだ。

図案はピチット。ピチットを刺繍するなら実物を見る必要はない。いくらでも図案を思い浮《う》かべることができる。飛んでいるピチット、水浴びをしているピチット、羽繕《はづくろ》いをしているピチット。

刺繍は母に徹底的《てっていてき》に指導されていたから、多少の自信がある。

シャーロットはおおまかな輪郭《りんかく》だけを下描きして、すぐに刺《さ》し始めた。ピチットに会いたいと思いながら針を運べば、布の上に少しずつピチットが現れてくるのが楽しい。

ピチットが浮き上がって見えるように、頭と体の部分に何層にも布を敷《し》き込んだ。少しだけピチットが立体的になり、刺繍は生き生きとした仕上がりになった。

ピチットの刺繍はひと晩で仕上がった。

ほぼ実物大のピチットは木の枝に止まって遠くの音を聞いている。丸っこいピチットが真剣《しんけん》な顔で物音を聞いている姿は愛らしく、今にも動き出しそうに見える。

嘴《くちばし》と羽の付け根の朱色《しゅいろ》、おなかのくすんだ緑、背中の灰色、白っぽい顔に輝く黒檀《こくたん》のような丸い瞳。刺繍した部分を切り抜いても形が崩《くず》れないように、輪郭を細かく丁寧にかがった。

「可愛い」

思わず声に出してしまう。

それを丁寧に切り抜き、厚手の布にしっかりと縁《ふち》かがりで縫《ぬ》い留《と》めた。最後に糸を切ってシャーロットが顔を上げると同室の三人が自分をじっと見ているのに気づいた。

「え？　なあに？」

「シャーロットがそんなに楽しそうな顔をしているとこ、初めて見たわ」

イリヤが嬉しそうに言う。

「そんなに楽しそうだった？　この子ね、私が育てた小鳥なの」

「それ、誰かにあげるの？」

「うん。オレリアン殿下に」

「えええええっ！」

「しーっ！　もう夜だから静かにしなきゃ」

シャーロットは、そこから三人にみっちりと質問される羽目になった。

全ての質問に答えて解放されたあと、シャーロットのベッドの下で寝起《ねお》きしているアンが感心したような声を出した。

「なるほどねえ。木剣の素振《すぶ》りを毎日やっていると、シモン様とお話ができて、王子殿下にもお会いできるってわけね」

「そんな話じゃないわよ、馬鹿ね、アン」

「わかってるわよイリヤ、冗談《じょうだん》よ。そもそも毎日夜明け前に素振りなんて、私にはできないから。シモン様だって遠くで眺める分にはいいけど、二人で並んで歩くなんて想像しただけで無理無理。白鳥のとなりをガチョウがヨチヨチ歩くようなものだし」

するとイリヤがチッチッチッと指を立てて振る。

「アン、同室のよしみで訂正《ていせい》してあげるけど、あんたはガチョウじゃないわ、せいぜいスズメよ」

「それもわかってるって！　もう、ほんとにイリヤは容赦《ようしゃ》ないわね」

「シモン様って有名なの？」

思わずシャーロットが質問すると、三人が怒涛《どとう》の勢いで答えてくれた。

「有名も何も、あなたあの美貌にときめかないの？」

「私なんか、シモン様を見ることができた日は、自分にご褒美として甘《あま》いお菓子《かし》を許してるわ」

「アン、ご褒美の使い方を間違《まちが》っているから！　でも、私もシモン様と一度でいいからお話ししてみたい！」

彼女《かのじょ》たちの話を聞いていたシャーロットは、ある心配にたどり着いた。

「あの、もしシモン様と毎日剣の鍛錬をしてると知られたら、誰かに何か言われるかな」

「絶対に言われるわね。侯爵《こうしゃく》家のシモン様を狙ってる女性、それも上級侍女とか王族の方々のお付きの女性とかに」

「お付きの皆さんの半分はシモン様を狙っているといってもいいと思う」

シャーロットは（うわあ）とゲンナリした。

ただの知り合いだと思っていた男性に「俺を馬鹿にしていたのか」と言われたのも相当傷ついたけど、もしかしたらこれからは女性にも絡《から》まれるのか、とシャーロットは遠くを見つめてしまう。

しかしシモンにそんな心配が通じるはずもなく、最近は毎日のように夜明け前の素振りの時間にシモンがやって来る。

「おはよう、シャーロット」

「おはようございます、シモン様」

「今日も一緒に鍛錬をしてもいいかな」

「はい、どうぞ」

しばらく二人で素振りをするが、そのうちお決まりのようにシモンの方から「手合わせを頼《たの》む」と言ってくる。断る理由がないからそれを受けて二人で模擬《もぎ》試合になる。今日も二人で鋭《するど》い音を響かせながら剣を交えて、いい汗《あせ》をかいた。

「シモン様、オレリアン殿下にお会いする機会はありますか？」

「あるけど、なんでだい？」

「お渡《わた》し願いたいものがございます」

そう言ってシャーロットがポケットからハンカチで包んだものを差し出した。

「これは？」

「私が可愛がっている小鳥の刺繍です」

「見せてもらってもいいかい？」

「どうぞ」

シモンがハンカチを開くと、今にも動き出しそうな小鳥が現れた。

「へぇえ。これはすごいな」

「馴染《なじ》みのある小鳥なので上手に刺せました」

「殿下《でんか》がお喜びになるよ」

シモンの言葉にシャーロットが嬉しそうに笑う。その笑顔を見て、シモンは息を呑《の》んだ。

(なんてきれいな笑顔だろう)

そう思っても、サラッと言葉に出せるシモンではない。

「では、今日のうちに殿下に渡しておくよ。きっとお喜びになる」

「お願いいたします」


その日の午後、王族の居住区画に向かったシモンは、オレリアン王子に小鳥の刺繍を届けた。だが、そこには六歳《さい》のオリヴィエ第一王女もいた。

シモンがオレリアンに刺繍を渡して部屋を出ると、すぐさまオレリアンとオリヴィエの間に可愛い争いが繰《く》り広げられた。

「お兄様、私もその小鳥が欲《ほ》しいですっ!」

「だめだよ。シモンは僕にくれたんだ。オリヴィエも見ていただろう?」

「でも欲しいですっ!」

「あげないよ」

隣同士《となりどうし》で長椅子《ながいす》に座《すわ》っていたオリヴィエが、いきなりオレリアンの手から刺繍を取り上げようとした。だが、素早《すばや》く手を上に上げてそれを避《さ》けるオレリアン。ソファーの上に立ち上がって更《さら》に手を伸《の》ばすオリヴィエ。

走って逃《に》げるオレリアン。泣きべそをかきながら追いかけるオリヴィエ。

オリヴィエ王女付きの侍女はオロオロしていたが、これは収まりそうもないと判断してオレリアン王子に声をかけた。

「オレリアン殿下、その刺繍を少しだけオリヴィエ様に貸していただけませんか？」

「いやだよ、返してもらえなくなる」

「オリヴィエ様、ではわたくしが同じものをシモン様に頼んで参ります。もう少し辛抱《しんぼう》してくださいませ」

「ほんとに貰ってきてくれる？」

「はい。ですからもう泣き止《や》んでくださいな」

「早くね？　早く貰って来てね？」

悔《くや》しくて羨《うらや》ましくて泣いていたオリヴィエが渋々《しぶしぶ》引き下がった。

そのやり取りを聞いていたオレリアンは、同じ小鳥を妹が手に入れるのが面白《おもしろ》くない。

（この小鳥はシャーロットが自分にくれた特別なものだったのに）

王女付きの侍女はシモンを探し出した。

「シモン様、小鳥の刺繍をもうひとつ頂けませんか。オリヴィエ殿下があれを欲しがって泣いていらっしゃって、ほとほと困っております」

それを聞いたシモンは困った顔になった。

「あー、なるべく早く作ってくれるように頼んでみるけど、今日すぐには無理だと思うよ？」

「なるべく早くお願いいたします。オリヴィエ様が、とても欲しがっていらっしゃるのです」

「そうか。私の配慮《はいりょ》が足らず、迷惑《めいわく》をかけたね。わかった。頼んでみるよ」

「よろしくお願いいたします」

シモンは鍛錬場に向かう途中だったが、向かう先を変えて衣装部《いしょう》へと向かった。ルーシーは「また来ましたか」という顔でシモンを出迎《でむか》えた。

「シモン様、本日はどのようなご用件でございましょう？」

「度々《たびたび》悪いね、ルーシー。シャーロットが刺繍した小鳥をオレリアン殿下に差し上げたら、オリヴィエ殿下も欲しがっていらっしゃるそうなんだ。もうひとつ作ってほしいとお付きの侍女に頼まれたんだよ」

ルーシーは背後に向かって声をかけた。

「シャーロット?」

「はい」

「あなたオレリアン殿下に刺繍の小鳥をお渡ししたの?」

「はい。殿下は野の小鳥がお好きとうかがいましたので」

「もうひとつ同じのを、というご要望が来たわ」

「あっ、はい。では今夜にでも」

「ううん。今すぐ刺繍して差し上げて」

「仕事中なのによろしいのですか?」

「もちろんいいわ。これは仕事よ」

すぐに材料と道具がシャーロットの前に並べられ、ルーシーが見ている前で刺繍をするように言われた。

衣装部の長に見られながら刺繍をするのは大変に緊張《きんちょう》する。しかも先輩方《せんぱいがた》も「お手並み拝見」という視線をチラチラ向けてくる。

シャーロットは緊張して手汗《てあせ》で針が滑《すべ》るので、何度もハンカチで手の汗を拭《ふ》きながらピチットを刺繍した。

（全く同じっていうのも面白みがないから、少し変えた方がいいのかな）

そう考えて、今度は細い枝を咥《くわ》えているピチットを刺繍した。

シャーロットはひとりっ子だった上に子どもと触《ふ》れ合ったことがない。別の図案にすることが新たな火種になるとは考えもしなかった。

皆《みな》が帰る時間になっても刺繍はまだ終わらず、夜の七時ごろにようやく刺し終わった。ルーシーもそれに付き合って衣装部に残ってくれている。

「終わりました。遅《おそ》くなり、申し訳ありません」

「いいのよ。確認させて」

「はい」

ルーシーは老眼鏡をかけてじっくりと点検した。

「あなた、刺繍はお母さんに習ったの？」

「はい。幼い頃《ころ》から」

「見事だわ。この小鳥、まるで動き出しそうね。糸の運びも問題ない、うん、素晴《すば》らしい出来よ」

「ありがとうございます。あの、ルーシーさん。余計なことかもしれませんが、第二王女殿下の分は作らなくていいのでしょうか。三人兄妹《きょうだい》で二人が持っていたら、欲しくならないかしらと思って」

「そう言われればそうよねえ。お兄さんとお姉さんが持っていたら欲しがるかもしれないわね。シャーロット、アデル殿下の分も頼んでもいい？」

「はい。ではこれからすぐに刺繍いたします」

シャーロットはアデル第二王女のピチットも刺繍し始めた。

「アデル殿下のピチットは小枝を咥えているのがいいかしら。オレリアン殿下のと同じじゃないほうがいいわよね」

シャーロットが三羽目を刺繍している間に、ルーシーは刺繍の小鳥を絹のハンカチで包み、小箱に入れて恭《うやうや》しく王族の居住区域まで運んだ。

オリヴィエ王女付きの侍女《じじょ》は喜び、オリヴィエも喜んだのだが、やはり争いが起きた。

「オリヴィエ、僕の小鳥をあげるからそれと交換《こうかん》してよ」

「イヤです。これは私が貰ったものです」

「どうしてさ。オリヴィエは僕の小鳥を欲しがっていたじゃないか」

「この小鳥は小枝を咥えていてお兄様のより可愛《かわい》いからあげません。イヤです」

「交換してくれってば！」

オレリアンがヒョイ、とオリヴィエの小鳥を取り上げ、自分の小鳥を差し出した。

それを手で払ってオリヴィエは盛大《せいだい》に泣き出した。

「うわあああん！　お兄様が私の小鳥を取った！」

「殿下、お返しくださいませ」

「いやだ。僕はこっちがいい」

「殿下っ！」

「いーやーだー！」

「殿下！　走るのはおやめください！　転んだら骨が！」

それぞれの侍女を巻き込《こ》んだ子どもたちの騒《さわ》ぎは部屋の外まで響《ひび》いていた。何事かと部屋の前を通りかかった王妃が部屋に入ってきた。

オリヴィエは泣きながら母に事情を訴《うった》える。娘の訴えを聞いた王妃は怖《こわ》い声を出した。

「オレリアン！　いい加減になさい！　さあ、それを返してオリヴィエに謝《あやま》りなさい！」

「えええ」

こっぴどく母に叱《しか》られ、小枝を咥えた小鳥も取り上げられたオレリアンは（シャーロットの森の家に行く話は絶対にオリヴィエに教えるものか）と涙目《なみだめ》で心に誓《ちか》うのだった。

オレリアンとオリヴィエの間で争いが起きていることを知らないまま、シャーロットは

アデル第二王女に渡すピチットの刺繍を刺していた。ピチットの刺繍も三羽目になると手際《てぎわ》が良くなり、進むのも早い。

「できました。アデル殿下の分です。お待たせしました」

「お疲れ様《さま》。ではお届けしてくるわ」

今回も届けるのはルーシーである。

衣装部の長としてはシャーロットを連れ出されるのは困るが、ドレス以外にも王族に喜んでもらえる品をお渡しできるのは望むところだ。

四歳のアデルはニコニコして受け取り、失くさないようにおつきの女性に小鳥にリボンを付けてもらい、たすき掛《か》けにしていた。三羽目のピチットは赤い小さな木の実を咥えている。今度はオリヴィエが妹の小鳥を欲しがった。

取り上げられそうになったアデルは、こうなることを予想していたアデル王女付きの侍女に言い含《ふく》められた通り、刺繍をおなかに抱《かか》え込んで必死に小鳥を守った。

「いけません！」

オリヴィエを叱った王妃は、子どもたちが取り合いをしている小鳥の刺繍に目を向けた。

刺繍の小鳥は三つとも違《ちが》う図案で、とても美しい。

「これは誰が？」

王妃が侍女に尋《たず》ねた。

「衣装部のルーシーが運んで参りました」

「そう。誰か刺繍が得意な者が入ったのね」

「そのようでございます」

王妃も刺繍は好きで、花やツタ、家紋《かもん》などは刺したことがあるが、ここまで本物そっくりの鳥は刺したことがない。王妃は愛らしく写実的な小鳥の刺繍にしばし目を奪《うば》われた。


その日、シャーロットはお使いに出ていた。

頼まれた貝ボタンを見つけられず、何軒《なんけん》もボタンの店を探し回って帰りが遅くなっていた。

「直径七ミリの貝ボタンじゃだめで八ミリの貝ボタンならいいなんて、すごいこだわりね」

職場に直径七ミリの貝ボタンならたくさんあった。

でも、それではだめだと全員が断言していた。バランスが悪いのだ、と熱弁されて、衣装部の先輩《せんぱい》たちのこだわりの強さに、シャーロットは驚《おどろ》いていた。

「王都に買い物に出られたのは助かっちゃったな」

実家に溜《た》まってきているウサギの毛皮で何か作ろうと思っているところだったので、頼まれたボタンを買うついでに自分用のボタンも買い求めた。

仕事で買い求めた貝ボタンは高級なものだ。もちろんそのまま縫い付けることはなく、ドレスの共布で包んで使う。

自分用のボタンは一番安い木のボタンだが、それで十分だ。ウサギの毛皮で何をつくろうかと考えるのは心が浮き立つ楽しい時間だ。

言いつけられた直径八ミリの貝ボタンと自分用の直径七ミリの木製ボタンを無事に手に入れ、肩掛《かたか》けカバンにしまってシャーロットはお城に戻った。

広い裏庭を突《つ》っ切って使用人用出入り口を目指していると、レンガ敷《じ》きの小道にかがみ込んで作業している人物がいる。

その人物の隣《となり》を通り過ぎようとした時、年配のその男性が腰《こし》をトントンと叩《たた》いて「うぅ」と呻《うめ》いているのを聞きつけた。

「大丈夫《だいじょうぶ》ですか？　腰が痛いのですか？」

シャーロットがそう声をかけると、白いヒゲを生やした男性は苦笑した。

「ああ、ちょっと腰を痛《いた》めたようだ。今週中にレンガを全部平らにしなきゃならんのに、ざまあない」

と返事をした。

見ると小道に敷かれたレンガがところどころデコボコしている。これを平らに修繕《しゅうぜん》していたのだろう。スコップ、木桶《きおけ》に入れた砂、地面を平らに均《なら》すための大きな木槌《きづち》のような道具も置いてあった。

「道具も材料も重そうですね。立てますか？　肩《かた》をお貸しします」

「いやいや、あんたみたいな若いお嬢《じょう》さんには……」

シャーロットはやんわりと微笑《ほほえ》んで男性の腕《うで》を取り、自分の肩に回させてゆっくりと立ち上がらせた。

「ったたた。すまないな。それにしてもあんたは力がある」

「はい。歩くのがつらいようでしたら、おんぶしますが」

「さすがにおんぶはやめてくれ。歩けるから」

肩を貸しながら二人で歩き、男性が使っている庭師小屋を目指した。

「あんた、名前は？」

「シャーロットです。衣装部で雑用係をしています」

「そうか。すまないな。俺はポールだ。ちょっと腰が冷えちまった、というのは言い訳かもしれん。年なんだろうな。寒さに負けるようじゃ庭師は務まらないのになあ。まったく年を取るとあちこちガタが来る」

シャーロットはうなずきながら微笑むだけにとどめた。

庭師小屋に到着《とうちゃく》し、ポールを長椅子に座らせ、暖炉《だんろ》の熾火《おきび》に薪《まき》を足して火が燃え上がるのを待った。

「中からも温《あたた》めましょうか。お茶の葉はどこに？」

「そっちの棚《たな》だ。あんた、火起こしの手際が良いな」

「森の中で暮らしていましたから、なんでもひと通りは」

会話しながらヤカンに水瓶《みずがめ》から水を汲《く》んで入れ、小さな暖炉の鈎《かぎ》に引っ掛けた。茶葉をティーポットに入れてお湯が沸《わ》くのを待つ。

「あの、もしお嫌《いや》でなければですが、私がウサギの毛皮のベストをプレゼントしたら、受け取っていただけますか？　腰まで暖かくなるような、少し長いものになりますが」

「俺にかい？　あんたが？」

「はい、ポールさんに。私が」

少しの間ポールは「はて」という顔で椅子《いす》に座ったままシャーロットを見上げた。

「そりゃ嬉しいしありがたく受け取るが、なんでまた」

「ウサギの毛皮が実家に結構たくさんあるんです。何かを作るなら自分に作るよりも誰かに作る方が楽しいですから」

「そうか。ありがとうな。ありがたく受け取るよ」

「では、サイズをザッと測らせていただいても？」

「ああ。頼むよ」

座ったまま両腕《りょううで》を上げてもらい、シャーロットはいつもポケットに入れている紐《ひも》を使ってポールの肩から裾《すそ》までの長さを想定して紐を当てる。裾までの長さを決めて糸に結び目を作った。次に脇《わき》から脇までの身幅《みはば》も計測した。

「はい。ありがとうございました。では近いうちにお届けしますね」

「ありがとう。楽しみに待っているよ。だがシャーロットさんや」

「なんでしょう」

「あんたみたいな美人があっちこっちでこんなふうに親切にすると誤解されるぞ？」

シャーロットは苦笑して「気をつけます」とだけ言ってお茶を淹《い》れた。

ポールがお茶を飲んでいる間に「ではまた」と声をかけ、お辞儀《じぎ》をして小屋を出た。

そのままさっきポールがいた場所に戻り、砂の入った木桶などの材料と道具をヒョイと持ち上げ、さっきの小屋の外まで運んで小屋の外に置く。

急いで衣装《いしょう》部の部屋に戻り「ただいま戻りました」と声をかけると、皆が手元の布から顔を上げて「おかえり」と微笑んでくれる。スザンヌが近寄って来て、シャーロットがカバンから出した包みを手に取った。

「お帰りシャーロット。早かったわね。ボタンはこれ？」

「はい、これです」

「ああ、そうそう、これよ。ありがとうね」

スザンヌは手早く包みを開くとイソイソと自分の席に戻った。

シャーロットは（ここの人たちは全員、仕事大好き人間ね）と思う。

その日は雑用をこなして一日が終わり、自室の四人部屋に戻った。

その夜は消灯時間までずっとベッドの上で手持ちのウサギの毛皮を裁断したり端《はし》をかがったりして過ごした。城に持ち込んでいた毛皮は足りそうだが、ベストの表地に使う布がない。

（明日の夜にでも布を買いに行こう）

そう決めてその夜は消灯時間に眠《ねむ》った。

翌日の夕食後、シャーロットは王都に買い物に出た。

ほとんど駆《か》け足《あし》のような早足で布地を売っている店に向かい、庭師の制服に似た紺色《こんいろ》の生地《きじ》を買い求めた。鼻歌を歌いたくなるような楽しい気持ちで部屋に戻り、また消灯時間までベストを縫った。毛皮が内側、紺色の布地は外側だ。前身頃《まえみごろ》に縫い付けるボタンは自分用に買った木のボタンを使った。

ボタンホールを開け、丁寧《ていねい》に切り口をかがる。ボタンホールは紺色の糸ではなく明るい茶色の糸でかがった。ささやかなおしゃれ心だ。

数日後、ベストが出来上がった。

シャーロットは昼食のパンを受け取ってから庭師のポールを探した。

ポールは、前回腰を痛めた場所から二十メートルほど先で作業をしていた。腰が痛くてもコツコツとレンガの位置を直していたらしい。

「こんにちは」

「おう、力持ちの嬢ちゃんか。この前はありがとうな」

「ベストが出来上がったので、持ってきました。これです」

ポールは笑顔でシャーロットが差し出したベストを受け取った。

「仕事が早いんだな。それにずいぶん手間をかけさせた。材料費だけでも払《はら》わせてくれるかい」

「贈《おく》り物《もの》だからお金は受け取れません。ウサギは私が狩《か》りましたから、お金はかかっていませんし。実家に帰った時は鳥やウサギを狩って食べるので皮や羽根が溜まるんです。もったいないから全部仕分けして取ってあるんですよ」

「狩り？　あんたが？」

「はい。弓矢は得意です」

「はっはっは。そうか、弓矢か。いつかあんたが狩りをするところを見せてもらいたいもんだな」

「はい。私はお休みの日は毎回実家に帰りますので、良かったらお声がけください。一緒《いっしょ》に狩りをしましょう」

シャーロットの言葉を聞いてポールが眉《まゆ》をひそめた。

「嬢ちゃんや、だから誤解されるようなことを言っちゃだめなんだよ」

「ポールさんにもですか？」

「俺《おれ》はかみさんひと筋だ。けど、世の中には何歳《なんさい》になっても『俺もまだこんな若い娘に惚《ほ》れられるんだな、満更《まんざら》でもないんだな』と勘違《かんちが》いする男はいるんだぞ」

「そういうものですか」

「ああ、そういうものだ」

ポールは制服を脱《ぬ》いでウサギの毛皮のベストを着てみた。

「おお、これは暖かいな。大きさもぴったりだ。ありがとうなあ。今度、鉢植《はちう》えをお礼にあげよう。大きくてきれいな花が咲《さ》くやつだ」

「ありがとうございます。楽しみにしています。そうだ、私はこれからお昼を食べるのですが一緒に食べませんか？」

「ああ、かまわんよ。じゃあ、一緒に庭師小屋に行こうか」

「はい」

シャーロットはうっかり二人で食べるつもりで提案したが、庭師小屋には他の庭師たちがいた。八人の様々な年齢《ねんれい》の庭師が食堂で配られるパンを食べていた。

ポールもテーブルに置いてある白い布包みを手に取り、シャーロットに椅子を勧《すす》めて食べ始めた。お茶は若い男性が素早く二人分を淹れて出してくれた。

（そうよね、庭師さんはたくさんいるんだった）

シャーロットはポールの隣に座り、バター焼きした白身魚と人参《にんじん》のマリネが挟《はさ》んであるパンを食べ始めたが、男性たちのほとんどが自分を見ているのに気づいた。

シャーロットはぺこりと頭を下げた。

「部外者なのに入ってきてすみません」

「いい。気にするな、俺がここに誘《さそ》ったんだ。みんなは美人さんが入ってきたから戸惑《とまど》っているだけだ。普段《ふだん》は野郎《やろう》ばかりのむさ苦しい小屋だからな」

シャーロットを見ていた庭師たちは全員が慌《あわ》てて視線を外し、壁《かべ》を見たりパンを真剣に見つめたりし始めた。

「このお嬢さんが俺にウサギ皮のベストを作ってくれたんだよ。腰が冷えないようにって心配してくれてな。この毛皮はお嬢さんが弓矢で狩ったウサギだそうだ」

ポールがそう言って着ているベストを指差すと、全員が次々と質問してきた。

「弓矢で？　お嬢さんが？　ほんとに？」

「皮も自分で剥《は》ぐんですか？」

「気持ち悪くないんですか？」

「ウサギの他にはどんな動物を狩ったことがありますか」

全部の質問に丁寧に答えているうちに昼休憩《ひるきゅうけい》の時間は終わった。

小屋を使わせてもらったお礼を述べて外に出た時、パンはまだ半分が残っていた。質問に答えるのに忙《いそが》しくて食べる暇《ひま》がなかった。

「お母さん、お行儀《ぎょうぎ》が悪くてごめんなさい！」

シャーロットはそう言って、歩きながら残りのパンを食べて衣装部に戻った。庭師の一人がずっとうつむきがちで視線を逸《そ》らしていたのには気づかなかった。

シャーロットが庭師小屋を出ていってから、レオは人に気づかれないように静かに息を吐《は》いた。城勤めを始めても全く姿を見ることがなかったシャーロットが、庭師長と一緒に小屋に入ってきた時は少しだけ慌てた。

（俺の顔を覚えていただろうか）

レオは緊張したが、服装も髪型《かみがた》もあの日とは違っていたからか、シャーロットは気づかなかった。そして彼女はやはりお人好《ひとよ》しのようだった。

（さて、どうしたものか）

レオはまだ自分の人生の分岐点《ぶんきてん》に立っていて、どちらの道に進むか決めかねているところだ。

翌日、シャーロットとポールが食堂の外に置いてあるベンチで押《お》し問答《もんどう》を繰り広げている。

「すまない、嬢ちゃん。こんなことになるとは思わなかった」

「いえ、ポールさんが悪いわけでは」

「代金はきっちり払わせるから」

「代金を頂いたら仕事になってしまうじゃありませんか。素人《しろうと》仕事なんですから、代金は受け取れません」

「いや、頼む方だって無料《ただ》じゃ頼めない。受け取ってやってくれ」

庭師のポールがウサギの毛皮のベストを着ているのに気づいた修繕部の友人が同じものを欲しがったのだ。

「修繕部だって寒いんだ。建物の中とは言っても火の気がない場所で働くのはお前と同じだ。ちょっと着心地《きごこち》を確かめさせろ」

友人は屁理屈《へりくつ》を言って否応《いやおう》なくベストを取り上げて袖《そで》を通した。

「おう、軽くて暖かい。これはいいな。俺も同じのが欲しい。ちゃんと金は払うから俺のも作ってもらってくれよ」

「おい、勝手に話を進めるな」

「毛皮だって端布《はぎれ》を繋《つな》ぎ合わせたのとは違う。一枚皮だ。薄《うす》くて軽くて暖かくて着心地がいい。代金を取っていい品だよ」

友人に懇願《こんがん》されて、ポールはシャーロットに頼みに行った。

「ではルーシーさんに許可をいただいてからにさせてください」

「あんたは真面目だな。黙《だま》ってりゃ上司はわからんだろうに」

シャーロットは微笑むだけにした。

両親がいたら「隠《かく》れてこそこそしなきゃならないことは最初からするな」と言うだろう

し、自分もそう思う。

翌日、ルーシーに相談すると叱られはしなかった。だが、思いがけないことを言われた。

「あなたが作ったベストを一度見せてくれる？　どんな物を作ったのか見てみたいから」

「はい。今、借りてきます」

ポールに頼んでベストを預かり、ルーシーに見せた。

ルーシーがじっくりベストを点検している。ベストは素人の手作りだしルーシーは衣装部の長だ。シャーロットは酷評《こくひょう》されるのを覚悟《かくご》した。

ルーシーはじっくり裏も表も顔を近づけてベストの縫製《ほうせい》部分を見ている。

検分を終えて、ルーシーが笑顔《えがお》になった。

「縫い物には性格が出ます。あなたの仕事は丁寧で、手を抜《ぬ》いている箇所《かしょ》がない。毛皮を縫うのは楽ではないのに、最初から最後まで同じ調子で頑張《がんば》ったわね。いいでしょう。これはお金を受け取っても良い仕事です」

「ありがとうございます」

「シャーロット、黙って引き受けても私が知ることはなかったのに。どうしてわざわざ報告したの？」

シャーロットは少し考えてから答えた。

「ルーシーさんに無断で小遣《こづか》い稼《かせ》ぎをしたとして、『バレたらどうしよう』ってずっとクヨクヨするくらいなら、お金を受け取らずにプレゼントして喜んでもらったほうが、気が楽です」

「ふふふっ。なるほど。シャーロットはそう考えたのね。でも、無料《ただ》はやめておきなさい。人間はね、無料の物を粗末《そまつ》に扱《あつか》いがちです。そうねえ、小銀貨三枚は貰《もら》いなさい。この出来栄《できば》えなら、それでも買うよりずっと安いわ」

意外な言葉にシャーロットは驚いた。

「お小遣い稼ぎをしてもいいのですか？」

「私から勧めるつもりはないけれど、あなたが手持ちの毛皮を使って自由時間にベストを作り、欲しい人が買う。何も問題はないわ」

「わかりました。では小銀貨三枚で売ります」

「そうなさい。それにしてもあなた、最初にここへ来た時『衣装についての知識はない』って言ってなかった？」

シャーロットは「はい」とうなずいた。

「知識はありませんが、森の中で暮らしていた頃は、何でも手作りしていましたので、少しの経験ならあります。母と二人で買った服をほどいて部分ごとにバラして、型紙を作っていました。母も裁縫《さいほう》はあまり詳《くわ》しくないと言っていました。ブーツやコートも買った物を分解して型紙を作って手作りしていました」

「なるほどねえ。それは普通《ふつう》、なかなかできないことよ。あなたのお母様は賢《かしこ》い努力家なのね。ねえシャーロット、今日から雑用の手が空いていたら制作の手伝いをしなさい」

「はい」

はい、と答えたがそれは技術職の領分だ。下級侍女の仕事の域を超《こ》えている。ルーシーももちろんそれをわかっていた。

「リディに言って給金を少し上げてもらうよう伝えておくわ。技術を身につければ、それもあなたの財産になるから。しっかり覚えなさい」

「はい！」

こうしてシャーロットは下級侍女の身分ながら、技術職の手伝いをさせてもらえることになった。最初はひたすら布地の端をかがる仕事を与《あた》えられた。裁断された布の端がほつれないように細かく丁寧にかがるだけだ。

今かがっているのは上級侍女たちが着る制服用の生地だった。

下級侍女は黒い制服で使われる布地の量が少ないストンとしたデザインだ。それに対して上級侍女たちは紺色の布地をたっぷりと使ったふんわりとした丈《たけ》の長いワンピースだった。

制服の素材は下級も上級も綿だったが、上級侍女の制服に使われる綿生地は光沢《こうたく》がある上等な綿だ。ボタンも下級は木のボタン、上級は貝ボタンだ。

上級侍女の更に上の階級の『お付き』と呼ばれる侍女は王族の身の回りのお世話をする。彼女《かのじょ》たちは自前のドレスを着ているらしい。

シャーロットは働くことが好きだったので、端かがりをしながらも雑用もこなしている。それも配置された当初から雑用係二人分を働いていた。

仕事量はかなりのものだが、それでもシャーロットの仕事は丁寧で速かったから、シャーロットが来てからの衣装部は快適だ。今までの雑用係はどの娘《むすめ》も一度お使いに出すと、なかなか戻《もど》らなかった。これ幸いと油を売ってから帰ってくるのが当たり前のようになっていた。

だがシャーロットは「もう帰ってきたの？」と驚くほど早く戻ってくるし、自分から仕事を見つけては労を惜《お》しまずよく働いている。今回のウサギの毛皮のベストのこともあまりに正直なので、衣装部の面々は仕事をしながらルーシーとシャーロットのやり取りを聞いて（正直な娘《こ》だわねえ）と驚いていた。

シャーロットは知らなかったが、衣装部で磨《みが》いた技術を使って小遣い稼ぎをすることは、当然のように皆がやっていることだった。シャーロットがウサギ皮のベストの話を正直に申告《しんこく》してルーシーの判断を仰《あお》いだことは、普通なら「いい子ぶってる」と言われそうなことである。

しかし、シャーロットが表裏なく働いているのは全員が知っていた。だから『シャーロットはいい子ぶっているのではなく、本当にいい子なのだ』と皆が思った。

「シャーロットは手放せない」

それは衣装部で働く者全員の意見だ。

連日、シャーロットは端かがりを一人で引き受け続けた。そのうち、端をかがることにかけては誰《だれ》にも引けを取らないほどに腕を上げていった。

◇◇◇

オレリアンの骨折が完治した。

オレリアンは今、神妙《しんみょう》な顔で父の前にいる。

「オレリアン、無事治癒《ちゆ》したようで何より。もう二度と手すりを滑り降《お》りるなよ」

「はい、父上」

「時にオレリアン、最近はずいぶん勉学に力を入れているそうだな。教師から報告を受けているぞ」

「はい、父上。とても頑張りました」

「これからもその心がけ、忘れないように。では下がってよい」

（あれ？　ご褒美《ほうび》は出ないの？　僕《ぼく》の計画では『褒美は何がいい？』って聞かれるはずだったのに）

ガックリと肩を落とし、オレリアンはしおしおと自室へと戻った。

「あんなに頑張ったのに。でも僕は絶対にピチットに会うからな！」

オレリアンは城の中には飽《あ》き飽《あ》きしていた。

動植物に強い興味をもっているオレリアンは、整備され手を入れられた城壁《じょうへき》の中は、とっくに調べ尽《つ》くしていた。

そんな時に聞いたシャーロットの話は、おとぎ話のように魅力的《みりょくてき》だった。

オレリアン王子は、再び見学実現の方法と手順を考え始めた。オレリアンは活発なだけでなく、粘《ねば》り強《づよ》い交渉《こうしょう》もできる子供なのだ。

オレリアンはシャーロットのいる衣装部に出向き、彼女を呼び出した。

「僕、シャーロットの家に行きたい。森の暮らしを見てみたい」

「殿下《でんか》、それは無理でございます」

「なぜだい？」

「陛下のお許しがなければ、ご案内することはできません」

シャーロットは困惑《こんわく》していたが、そこは譲《ゆず》るわけにはいかない。

後ろに控《ひか》えている護衛は『仕事の邪魔《じゃま》をしてすみませんね』みたいな顔をしているが、口を出す気はないようだ。

そこまでシャーロットの斜《なな》め後《うし》ろで黙ってやり取りを聞いていたルーシーは背後を振《ふ》り返り、スザンヌに小声で指示を出した。

「スザンヌ、殿下のお付きの方を呼んでらっしゃい」

「はい！」

スザンヌが走ってオレリアン殿下付きの侍女を呼びに行き、やがて二人がぜいぜいと息を切らせて衣装部に到着した。

「殿下！　このような場所まで足を運ばれては困ります」

「ミレーヌ、たまには目をつぶってよ。僕はシャーロットの家に行って小鳥を眺《なが》めるだけだ」

「いいえ。目はつぶりません。使用人を困らせてはなりませんよ」

そこに新たな声が割って入った。

「殿下、では私と一緒に陛下にお願いに参りましょうか」

「シモン！　シモンならわかってくれると思ってたよ！」

「殿下は療養中《りょうよう》に勉強を頑張られたそうですね。護衛の者に聞きましたよ」

「そうなんだ。僕はとても頑張った」

「では私と一緒に陛下のお部屋に参りましょうか。ここで粘っては、皆が困りますよ」

「うん！　わかった！」

オレリアンはご機嫌《きげん》になり、シモンと一緒に去って行った。

（なぜここにシモン様が来たのかしら？）と驚くシャーロットに、スザンヌが小声で説明した。

「途中《とちゅう》の通路でお見かけしたから事情を説明して助けを求めたの。シモン様とお話できちゃったわよ！　ありがとうね、シャーロット」

スザンヌが少々見当違い《けんとうちが》のお礼を言う。

衣装部《いしょう》の一同は皆緊張《みなきんちょう》してシャーロットとオレリアン王子のやり取りを見守っていた。

そこへ救世主のようにシモンが現れた。シモンが上手に王子を連れて出て行ってくれたので、全員がホッとした。

しかし一人だけホッとしていないのがシャーロットである。ルーシーはシャーロットの不安に気がついて慰《なぐさ》めた。

「大丈夫よ、シャーロット。許可なんか下りるわけないわ。シモン様もわかっていて陛下のところへ行かれたのよ」

「ルーシーさん、そうなんですか？」

「そうよ。許可は下りないわ。殿下が城外に出るとなれば護衛の数だって十人や二十人じゃ済まないんだから。小鳥を見たいっていうだけの理由では、陛下がお許しになるはずがないのよ」

「それなら安心しました。陛下のご意向に逆らうことはできませんもの」

しかし残念ながら許可は下りたのである。

オレリアンは八歳《さい》ながら策士で、今日の朝食時から下準備を始めていた。

「父上、手柄《てがら》を立てた者に褒美を与えるのはなぜですか？」

「うん？　それは『手柄を立てたら認めてもらえる、褒美が貰える』と思えば、この国のためにまた頑張ろうと思えるだろう？」

「国のために臣下が頑張るのは当たり前ではありませんか」

「いや、人を束ねるのに褒美は必要だ。国のために尽くした者、努力した者は報《むく》われる国でなければ。そういう国を築くのも国王の役目だよ」

国王は我《わ》が子《こ》にそう答えたが、オレリアンはその答えが返ってくるのをわかっていて質問したのだ。国王が息子《むすこ》の作戦に気づいたのはシモンとオレリアンが執務《しつむ》室《しつ》に来てからだった。

「陛下、オレリアン殿下が陛下にお願いがあるそうです」

「おや。なんのお願いだね」

「父上、僕は民の暮らしを見学したいのです。森の中で暮らす民がどのような生活をしているのか、見学に行ってもよいでしょうか」

「だめだな。そんなことのために護衛を何十人も動かすわけにはいかないよ」

「そうですか。父上は褒美は与えない君主なのですね」

「ん?」

オレリアンは父に向かって哀《かな》しげな顔をした。

「いえ、いいのです。僕が腕を折ったのは自分が悪いのですから。反省して猛勉強《もうべんきょう》したところで、ご褒美が出ないことなどわかっておりました」

「クッ」

あまりに見え透《す》いた小芝居《こしばい》なので、シモンは思わず笑ってしまった。

国王も遅《おく》れて「クックック」と笑いだした。父の笑顔を見てオレリアンは一気に期待に満ちた顔になった。

「そうだな。勉強をよく頑張ったと教師たちが言っていた。森とは西の森だろう？」

「そうです！　西の森です！」

「暗くなる前に城に戻るんだぞ。護衛の言うこともちゃんと聞くように」

「えっ？　陛下？」

「いいのですねっ、父上！」

許可が出たことに驚くシモンと大喜びのオレリアン。

「よほどその森の家に行きたいと見える。だがその家の住民は迷惑《めいわく》だと思うがなあ。シモン、住人の許可は得ているのだろうな？　そもそもその住人はどんな人物だ？　安全なのか？」

ここで話が潰《つぶ》れては大変とオレリアンが割って入った。

「シャーロットは優《やさ》しいから大丈夫ですっ！」

「シモン、シャーロットというのは？」

「衣装部で働いている侍女《じじょ》で、小鳥の刺繍《ししゅう》が上手な……」

「ほう、なるほど。オレリアン、父は少しシモンと話がある。もう下がりなさい。森の家とやらについてはシモンと打ち合わせをしておくからな」

「はいっ！　父上、ありがとうございます！」

オレリアンが今にも走り出しそうな足取りで執務室を出ると、国王は人払《ひとばら》いをしてからシモンに目を向けた。

シモンは多少の覚悟はしていたとは言え、国王の察しの良さが恨《うら》めしい。

「シモン。お前もその侍女と親しいのか」

「はい、いえ、知り合い程度です」

「どんな娘だ？」

「背が高く、早足で、刺繍が上手な」

「美しいのか？」

「……」

「なかなか婚約《こんやく》をしないと思ったら、侍女とそんな仲だったか」

「いえ、違います。彼女は剣《けん》の腕が立つので一緒に剣の鍛錬《たんれん》をしているだけです」

「剣？　ほう。シモン、オレリアンに同行してやってくれるか？　何もないとは思うが、お前がいてくれれば安心だ」

「はっ」

シモンが退出した後で、国王は侍従《じじゅう》を呼んだ。

「衣装部のシャーロットなる侍女について調べてくれるか？　なるべく詳しくな」

シモンは国王の遠縁《とおえん》で、国王はシモンの成長を生まれた時から見てきた。いわば年の離《はな》れた弟のような存在だ。できればあまり厄介《やっかい》な娘とは関わらせたくない、と思う。

「侍女ねえ」

国王はそうつぶやいてまた書類に向き合った。

第六章

再会

ケヴィンは長旅からクレールの家に戻ったところだった。

三ヶ月かけて崖下《がけした》の土砂《どしゃ》を取り除き、粉々に潰れた馬車を掘《ほ》り出したものの、馬車の中にも土砂の中にも遺体はなかった。

「それならリーズとシャーロット様はいったいどこに」

悩《なや》んだ末にケヴィンはクレールの家を出て、二人を探す旅に出たのだ。

日雇《ひやと》いの仕事をして路銀を稼ぎ、その稼ぎを手にまた旅に出る。その繰《く》り返しの日々。

しかしどこにもリーズとシャーロットの姿はなく、自分を知っている人もいなかった。

「俺たちはいったいどこで暮らしていたんだろう。まさかリーズもシャーロット様も亡《な》くなっているんじゃないだろうな」

今も記憶《きおく》は戻らないままだ。

探し回った町や集落の地図を塗《ぬ》り潰していく。まだまだ地図は白い部分が多い。久しぶりに戻ってきたケヴィンを見て、クレールは心配のあまり胃の辺りがギュッと絞《しぼ》られるような感じがした。

「ねえ、ケヴィン、あなたずいぶん痩《や》せてしまったわ。うちで身体を休めたほうがいいわよ」

「ありがとう、クレール。だが俺は一刻も早く家族を探し出したい。数日だけここで寝《ね》かせてくれるだろうか。それだけで十分ありがたいよ」

「ケヴィン、あなた、出かけていた間はどんな場所で寝てるのよ」

ケヴィンは答えない。

（この人はおそらく冬だというのに野宿を繰り返しているんだろう）と思い、クレールの目に涙《なみだ》が滲《にじ》む。

「神様は必ず見てくださっているわ。いつかきっとあなたは探している人に会える。でもその前にあなたが倒《たお》れたら元も子もないじゃないの」

「それはわかっている。だけどジッとしてはいられないんだ」

クレールはケヴィンが心配でならなかった。

「私、あなたにお願いがあるわ。聞いてくれるかしら？」

「こんなに世話になっているんだ、何でも言ってくれ。俺にできることならなんでもする」

「あなたの事情は聞かない。だけど、あなたが探している人の名前と年齢とどんな見た目かだけは教えてくれる？　もしかしたら私がどこかですれ違《ちが》うかも知れないじゃない？」

「だが、俺は十七年も前のことしか覚えてないんだ」

「それでもいい。名前と今の年齢と、見た目の特徴《とくちょう》を教えて」

クレールはやっとケヴィンが探している人物の特徴を教えてもらった。

現在四十四歳のリーズと十七歳のシャーロット。二人の髪《かみ》の色と目の色も。

クレールはケヴィンの前に置かれている地図を見た。地図は辺鄙《へんぴ》な場所ばかり塗り潰されている。

（人を探すならやっぱり王都から探すべきなんじゃないかしら）

以前は「警備隊の掲示板《けいじばん》はやめてくれ」と言われたが、それ以外の方法もあるはずだ。

「そうよ、掲示板に張りださなくても、人探しの方法はあるはずだわ」

「どうするつもりだい？」

クレールにとってケヴィンは『たまたま助けた人』以上の、身内のような存在になりつつあった。だからそのケヴィンを今の苦しい状態から解き放ってやりたい。

たとえその結果が妻子との再会に繋がって、ケヴィンを失うことになったとしてもいいと思っている。

クレールは（神様がそれを望むなら、私は受け入れる。ケヴィンのためにできるだけの手助けをしてあげよう）と考えていた。

「ケヴィン、今日は王都に出かけてくるわ。おなかがすいたら台所にあるものを好きに食べてね」

「何をしに行くんだい？　俺も一緒に行こうか？」

「王都であなたの家族を見た人がいないか、聞いて来るつもりよ。止めないでね。これはもう私が決めたことだから」

自分を滞在《たいざい》させてくれて衣食住を与えてくれるだけでも大恩人だと思っていたのに、ケヴィンはそこまでしてくれるクレールの優しさと器の大きさに驚《おどろ》いた。

「それなら俺も行く。いや、俺が一緒に行かなきゃならない話だ」

譲らぬ覚悟でそう申し出たケヴィンを笑って受け入れ、ルーシーとケヴィンは王都を目指した。クレールは王都には年に一度行くか行かないか程度だったが、幸い土地勘《とちかん》はある。

「まずは職業紹介所《しょうかいじょ》に行くわ。今まで遠慮《えんりょ》していたけど、女性の視点から言わせてもらうわね。一家の主が一年も帰って来なかったら、奥《おく》さんと娘さんは何が何でも働かなきゃならないはずよ。私なら職業紹介所に行くわ」

そう言ってクレールは王都の職業紹介所を片《かた》っ端《ぱし》から訪ねて回ることを提案した。

王都には職業紹介所が大小合わせて何十軒《けん》とある。クレールが唯一《ゆいいつ》知っているのは中堅《ちゅうけん》どころの商会で、まずはそこからだ。


王都の職業紹介所で話を聞いてくれた男性は、首を傾《かし》げた。

「リーズにシャーロット？　どっちも記憶にないなあ。ちょっと待っていてもらえれば、ここ一年のお客さんの名前を調べますが」

「お手間を取らせて申し訳ありません。これ、わずかですけど」

そう言ってクレールは小銀貨を二枚、そっと差し出した。

「気を使わせて悪いね」

商会の男性は素早《すばや》く銀貨をポケットに入れて記録を探してくれた。だがしばらくしてから首を振って戻って来た。

「悪いが、そういう名前は記録に残ってないなあ」

「そうですか。わかりました。探してくださってありがとうございました」

クレールは笑顔で商会を出て、次を目指した。道行く人やお店の人たちに尋《たず》ねて回った。

「職業紹介所を探しているんですが、この辺りにありますか？」

そして教えてもらった職業紹介所を片っ端から訪問した。

クレールが見る限り、ケヴィンは王都の景色に見覚えがないらしい。クレールは、リーズとシャーロットという名前の人が来ていないかどうか調べてもらうたびにお礼を置いて出た。

農家のクレールにとって現金は大切だが（ケヴィンのためなら構わない。また畑で働いて稼ぐわ）と割り切っていた。ケヴィンは普段は温厚《おんこう》でのんびりしているクレールの行動力に目を見張り、同時に恐縮《きょうしゅく》していた。

「クレール、本当にすまない。赤の他人の俺のことなのに。必ずこのお礼はする」

「なに言ってるの。私がやりたくてやっているのよ」

連日、片っ端から紹介所を訪《おとず》れた。幸い季節は冬で、麦は手をかけない時期だし、野菜仕事はお休みだ。

四日連続で空振《からぶ》りし、五日目の最後がエドル商会だった。

もうそろそろ陽が沈《しず》む時刻だ。二人とも慣れない都会を歩き回って疲《つか》れていたが、クレールは諦《あきら》めない。もちろんケヴィンも同じだ。

エドル商会はかなり大きな店構えで、客の出入りも多かった。

ドアを開けて中に入ると、恰幅《かっぷく》の良い笑顔の優しそうな男性が対応に出てくれた。

「いらっしゃい。当商会の会長のエドルです。どんなご用件でしょう」

「人を探していまして、こちらでリーズという四十代の女性か、シャーロットという十七歳の少女がお世話になっていませんか？」

客の名前を全て覚えているはずもない。エドルはこの男女の目的は何だろうと考えた。

「リーズは四十四歳で明るい茶色の髪と瞳《ひとみ》、シャーロットはおそらくダークブロンドに明るい茶色の瞳です」

「失礼ですが、どんな理由でその二人をお探しで？」

すぐにクレールが説明した。

「この人が怪我《けが》で記憶を失って、一年ほど前から自分の家を思い出せずに苦しんでいます。なんとか助けてあげたいのです」

エドルはそれを聞いてもう一度ケヴィンをじっくり見る。

見知らぬ人に仕事を紹介《しょうかい》する商会を立ち上げてもう二十五年。エドルは相手が悪人かそうでないか、の区別はできるつもりだ。この二人連れは悪事を考えている顔には見えなかった。エドルはすぐに記録簿《きろくぼ》を持ってきて、それをパラパラとめくって目的のページを探した。

「記憶を失くしたのでは、そりゃあ大変でしょう。だからあの娘は働きに出たんですね。確かに一年ほど前、うちで当時十六歳だったシャーロットさんに仕事を紹介しましたよ。

お城の侍女の仕事です」

「助かります！　ありがとうございます！」

ケヴィンとクレールがパッと明るい表情になって頭を下げた。

エドルは記憶を失っているというケヴィンを気の毒そうに見た。

「一日も早く記憶を取り戻せるといいですなあ。お気の毒に」

「すみません、それでシャーロットの名字は？　自分が結婚《けっこん》したあと、夫婦《ふうふ》どちらの姓《せい》を名乗っていたのか、それも覚えていないのです」

「ちょっと待って下さいね。ああこれだ。ええと、シャーロット・アルベールさんですね。ご両親の名前も記入してもらってます。奥さんがマーサ・アルベールさん、あなたはリック・アルベールですよ」

「ケヴィン、あなたはリック・アルベールですってよ！」

ケヴィンは「そうか、リック・アルベールか」と小声でつぶやく。

「ケヴィン、大丈夫《だいじょうぶ》よ。シャーロットさんに会えば思い出すかもしれないじゃないの。エドルさん。お世話になりました。とても助かりました」

「いやいや、これくらいのこと。あなたは大変な人助けをしたね。きっと神様が見てくださっている。あなたにもいいことがありますよ」

クレールはそう言われて財布《さいふ》に残っていた全ての銀貨を差し出そうとしたが、エドルは受け取らなかった。

「あなたが見ず知らずのその人を助けたように、私も人助けの端《はし》っこを受け持たせてください」

エドルは穏《おだ》やかに笑って銀貨を押し返した。

クレールとケヴィンの二人は何度もエドルにお礼を述べて商会を出た。

クレールは（世の中にはこんな善き人もいるんだわ）と感激したし、ケヴィンは（やっとだ、やっとシャーロット様にお会いできる）と胸がいっぱいになった。

そして頭の中に「リック、ごはんにしましょう」「リック、おかえりなさい」という聞き覚えのある声が響《ひび》く。失った記憶の声だろうかとリックの鼓動《こどう》が速くなった。

「やっぱり王都に来て良かったわ。さあ、シャーロットさんに会いに行きましょうよ」

そう話しかけたが、ケヴィンはなぜか元気がない。

「最初からクレールが言うとおりにしていれば、一年も時間を無駄《むだ》にしなくて済んだな。すまない、クレール」

「何を言っているの。今はそんなことよりお城に行かなくちゃ。ケヴィン、やっとお嬢《じょう》さんに会えるわね。奥さんが待っている家も、これでわかるわよ」

馬を急がせ、二人は王城へと向かった。

まず「案内」の看板のところにいた男性には「もう仕事終わりの時間だから明日出直すように」と言われてしまう。

ケヴィンが粘って事情を話し、武器を持っていないかを調べられてから小部屋に通された。やがて中年の女性がその部屋に入ってきた。

「下級侍女を担当しております、リディです。あなたがシャーロットのお父様ですか？」

ケヴィンは姿勢を正して挨拶《あいさつ》をした。

「リック・アルベールと申します。遅《おそ》い時間に申し訳ありません」

「シャーロットの両親は長いこと行方不明《ゆくえふめい》と聞いていますが、事情をご説明いただけますか？」

「はい。実は私が一年前に怪我をしまして……」

そこからケヴィンは丁寧《ていねい》にここまでの事情を説明した。

聞いているリディの顔から警戒心《けいかいしん》が薄れていき、次第《しだい》に親身になって相槌《あいづち》を打ちながら聞いてくれるようになった。

「事情はわかりました。私がシャーロットから聞いている話と相違《そうい》ないようです。少々お待ち下さい。シャーロットの直属の上司に話を通しますので」

そう言ってリディは退室した。

そこからまたしばらく待たされて、今度は別の女性が入って来た。

「シャーロットの上司のルーシーです。あなたがシャーロットのお父様ですか？」

「はい。シャーロットさ、いえ、シャーロットに面会させていただけないでしょうか」

「私はクレールと申します。怪我をしたリックさんをお世話しております。リックさんは記憶を失ってからずっと、ご家族を探していたんです」

「わかりました。少々お待ち下さい」

リックとクレールが両手を握《にぎ》りしめて待っていると、ドアが開いてすでに泣いているシャーロットが駆《か》け込《こ》んできた。

「お父さん！　お父さん！」

泣きながら駆け寄って抱《だ》きつくシャーロットを見て、リックは驚きを隠せない。抱きついてきた若く美しい娘は、亡きソフィア前王妃《おうひ》にあまりにもそっくりだったからだ。恐《おそ》れ多くてリックは抱きしめることができない。

（この方がシャーロット様。ソフィア様にそっくりだ。間違《まちが》いない、あの赤《あか》ん坊《ぼう》がこんなに大きくなって……）

「シャーロット様、ですか」

「えっ。お父さん、様ってなに？」

ルーシーはこのやり取りを聞いて（今夜は長い夜になりそうね）と覚悟した。

「シャーロット、お父様との話し合いに時間がかかりそうだわ。部屋を用意するからゆっくりしていただきなさい」

「では私は自宅に帰ります」

遠慮するクレールにシャーロットとリックが同時に慌《あわ》てた。

「いけません、父がお世話になっていたのですから、その間のことも聞かせてください」

「そうだよクレール。君がいなくては今頃《いまごろ》俺《おれ》は生きていなかった。頼《たの》む、一緒《いっしょ》に話に加わってほしい」

こうしてその夜、使用人用の部屋をひと部屋用意されたシャーロット、リック、クレールの三人は長い時間話し合うことになった。


ルーシーの配慮《はいりょ》で三人にお茶と簡単な食事が用意され、それを食べながらクレールはリックが遭遇《そうぐう》した土砂《どしゃ》崩《くず》れとリックの怪我の様子を話した。

シャーロットは父が生きていたことを感謝し、クレールに何度もお礼の言葉を繰り返し

た。

「クレールさん、本当にありがとうございました。その日は私の誕生日の翌日で、目が覚めたらお父さんとお母さんは親戚《しんせき》に会いに行くと言って家を出かけた後だったんです」

リックが目を瞬《またた》かせながらぽつりと繰り返した。

「親戚、ですか」

「そうよ。ねえ、お父さん、他人行儀《たにんぎょうぎ》な口調はやめて普通に話してよ。知らない人みたいで寂《さび》しいわ」

「あ、ああ。そうだね。まだ思い出せないことが山ほどあるものだから。それにしても俺《おれ》がマーサと一緒に出かけたのなら、いったい彼女はどこに……」

「親戚がどこの誰か、思い出せない？　その親戚がどこの誰なのか、私は教えてもらえなかったのよ。昔の記憶があるなら、お父さんはそれが誰か知っているんじゃないの？」

食事を終えてお茶を飲んでいたリックは、覚悟《かくご》を決めたように静かにお茶のカップをテーブルに置いた。口調に気をつけているのか、口調がぎこちない。

「マーサのことは俺が責任を持って探す。親戚が誰なのか、おおよその見当はつく。だけどシャーロットは関わらない方がいい。それと、城の仕事は辞《や》めるわけにはいかないだろうか」

「私？　なんで私が仕事を辞めた方がいいの？　なぜ親戚に関わらない方がいいの？」

リックは唇《くちびる》を噛《か》んで言葉を出し渋《しぶ》った。

『他国とはいえ、母親にそっくりなその姿でお城にいるのは危険だ』と言えばシャーロットの出自を説明しなければならない。どこをどう説明すればいいのか、と口が達者ではないリックは考え続けた。

その姿に疑問を感じながらも（今はあまり問い詰《つ》めない方がいいのだろうか）とシャーロットは迷っていた。

だが、シャーロットには言わねばならないことがある。

「お父さん、お母さんは病気だったわ。お母さんが必死に隠《かく》していたから、私は気がつかないふりをしていたけど、かなり具合が悪そうだったの。だから、もしかしたらその親戚にお世話になっているかもしれないわ」

「そうだね。もし俺たちが会いに行くような親戚だとすれば思い当たる家がある。連絡《れんらく》してみるよ」

そこまで言ってもそれがどこの誰なのかを言おうとしない父にシャーロットは我慢《がまん》の糸が切れた。

「お父さん、そうやって私に隠《かく》し事《ごと》をしていたから、私はお父さんたちを探すこともできなかったし、今だってお母さんの居場所がわからないんじゃない。どうして？　どうしてお父さんは私に隠し事をするの？」

クレールが急いで間に入った。

「シャーロットさん、落ち着いてちょうだい。お父さんは潰れた馬車の中にあなたたちがいるんじゃないかと心配していたわ。たった一人で崖下に下りて大量の土砂を掘ったのよ。あなたに言えないことにはきっと理由があるんだと思うの」

ずっと唇を噛んで黙《だま》っていたリックが顔を上げた。

「いや、シャーロットが言う通りだ。本当のことをもっと早く伝えていれば、こんな厄介なことにはなっていなかった。クレール、申し訳ないが少しだけ俺たちを二人にしてもらえるか？」

「ええ、もちろんよ。ゆっくり話し合って。私はお庭にいるわね」

クレールはそう言って部屋を出て行った。クレールが出て行くと、シャーロットはすぐにリックに詰め寄った。

「それで？　親戚ってどこの誰なの？　私、お母さんが心配だわ」

「俺たちが会おうとしていたのなら、シャーロットの祖父母かマーサの兄だと思う」

「祖父母って？　私は捨て子だったんじゃないの？」

リックはシャーロットがテーブルの上で自分に向かって伸《の》ばした手をそっと両手で包んだ。そしてシャーロットが生まれた夜のことを話した。

前王妃に何を頼まれ、なぜシャーロットを連れて逃《に》げ出さなければならなかったかを。自分の記憶がその当時までしかないことも。

しかしその話はあまりに現実離れしていて、シャーロットは受け入れられなかった。

「それじゃあ私はバンタース王国の前国王の娘《むすめ》ってことになるじゃない」

「その通りです。シャーロット様。私たちはソフィア様からお預かりしてあなたを育てるために城を逃げ出したのです」

「お父さん、やっぱり記憶が混乱しているのね。また他人行儀なしゃべり方よ?」

リックはシャーロットの目を真《ま》っ直《す》ぐ見て首を振る。

「あなたは間違いなくソフィア様のお子様です。ソフィア様にそっくりでいらっしゃいます。だからここにいては危険です。ソフィア様を知っている人にいつ気づかれるかわかりません」

「証拠《しょうこ》は?」

怒《おこ》ったようなシャーロットの口調に、リックの顔が悲しげになる。

「証拠は……ソフィア様の指輪ですが、それがどこにあるのか覚えていないのです」

「金貨と一緒に革袋《かわぶくろ》に入れた覚えは？」

それを聞いてリックが目を大きく見開いた。

「革袋の場所を知ってるのですかっ」

「ええ、金貨なら革袋に入ったまま森の家に隠してあるわ。私は一度だけ『お金ってどのくらいあるんだろう』と思って袋《ふくろ》を開けたの。金貨が入っているのを見てびっくりしちゃって、すぐに袋を閉じたけど。あるとしたらその袋の中じゃないかしら」

「そうです！　他に移動させていなければ、そこに指輪も入っているはずです」

「お父さん、今からうちに行きましょうよ。はっきりさせなきゃ、私、今夜は眠《ねむ》れそうにないわ」

シャーロットはルーシーの許可を取りに走った。

「父の記憶が戻《もど》るかもしれないから家に連れて行きたいのです」

必死な表情のシャーロットを見て、ルーシーは即答《そくとう》した。

「いいわ。明日の夜には帰って来られるかしら？」

「はい。必ず」

こうしてシャーロットとリック、クレールの三人はクレールの荷馬車で森の中の家に向かった。行きの馬車でシャーロットはずっと御者席《ぎょしゃせき》の父に話しかけていた。

森の中でどんな暮らしをしていたのか、父に剣や狩《か》りを教わったこと、母と三人で月に一度市場に行っていたこと、母がどんな料理を作ってくれたか。

「誕生日の夜、お母さんは手編みの赤い靴下《くつした》をくれて、お父さんは私に木剣《ぼっけん》をくれたのよ」

そこまで言ってシャーロットは泣き出した。

両手で顔を覆《おお》って泣くシャーロットの背中を、一緒に荷台に乗っていたクレールが優しく撫《な》でた。

「つらいわね。泣きたいだけ泣くといいわ。でも、お父さんも苦しんでいるから。許してあげてね」

「クレールさん、私、怒っているんじゃないんです。家族の思い出がお父さんの心からみんな消えてしまったのかと思ったら、悲しくて。それに、私はお城の仕事を辞めたくないんです。仕事の楽しさをわかってきたところだし、お友達や知り合いができたところなのに」

「うん、うん」

「私、森の家で暮らしている間は両親以外には友達どころか、本当に一人の知り合いもいなかったんです。お城で働くようになって、それが普通《ふつう》じゃないことだってわかりました。またあんな友達も知り合いもいない暮らしに戻るなんて。考えただけで苦しい」

御者席でリックはあふれる涙を手でグイ、と拭《ぬぐ》った。

「そんな育て方をしていたんですね。すみませんでした。きっと私とリーズ、いえ、マーサは、あなたを守るのに必死だったんです。許してください」

「お父さんを責めたいわけじゃないの。ただ、もうあの生活はつらいの」

そのあとは全員が無言のままに馬車は進み、やがて懐《なつ》かしい家にたどり着いた。

シャーロットは手早くランプやろうそくに片っ端から火を点《つ》ける。明るくなった家を見回すリックとクレール。

シャーロットは敷物《しきもの》ごと長椅子《ながいす》を動かし、床板《ゆかいた》を手順通りに動かしてパカッと四角い床板を持ち上げた。そして床下《ゆかした》の木箱を持ち上げ、その下にある壺《つぼ》も取り出した。

リックとクレールが見ている前で、壺から革袋を取り出し、中の金貨をテーブルにザザザ、と出した。

すると、白い布に包まれた小さな物がコロンと最後に転がり出た。クレールはたくさんの金貨に驚き、なんとなく白い包みの中もとんでもない品だろうと察しを付けた。

「私、席を外すわ」

「いえ、クレールさん、あなたもいてください。私はかまいません」

そう言うなりシャーロットは白い絹で包んである物を手に取った。リックはクレールがいるから止めようとしたが間に合わない。

ごく薄《うす》い絹のハンカチを開くと、中から大きなルビーがあしらわれた金の指輪が現れた。

シャーロットとクレールが同時にヒュッと息を吸《す》い込んだ。

「間違いない。それです。その指輪の内側を見てください」

リックに言われてシャーロットが指輪をランプに近づけてよく見ると、指輪の内側には細い文字が刻まれている。

「ライアンからソフィアへって書いてあるわ」

「それがご両親のお名前です」

それを聞いて少し考《かん》え込んでいたクレールがハッとした顔になった。

「ちょっと待って。それ、バンタース王国の前国王陛下と王妃様のお名前じゃない？　ご夫婦ともに亡くなられた上に、生まれたばかりの女の赤ちゃんが拐《かどわ》かされた悲劇の国王夫妻よね？　この国でも歌劇になっている有名な事件だもの、私だって知っている名前だわ」

（やっぱり隣国《りんごく》の平民にまで事件が知られているのか）とリックは上を向いて目を閉じる。

リックは眉間《みけん》にしわを寄せていたが、シャーロットを見て固い覚悟で話しかけた。

「危険は回避《かいひ》すべきだと思います。ここまでソフィア様にそっくりでは、他国といえどもお城にいるのは危険です」

「そんな」

しばらくリックを見つめ返していたシャーロットの目にみるみる涙が盛り上がる。そしてフルフルと首を振《ふ》って訴《うった》えた。

「私は何も悪いことをしてないのに、人目を避《さ》けながらコソコソ生きていくなんて。私は顔を上げて胸を張って暮らしたい。友達と笑ってごはんを食べて、職場の人たちと一緒に働いて、普通に生きたい。顔も知らない両親が誰《だれ》かなんて、私には関係ないことなのに。私を大切に育ててくれたのはお父さんとお母さんじゃないの！」

興奮して息を切らしながら言葉を放つシャーロットは、自分が泣いていることさえ気づいていない。

「私はお父さんとお母さんの子供です。猟師《りょうし》の娘で、躾《しつけ》の厳しいお母さんの娘です。私は捨て子だったことを恥《は》ずかしいと思ったことが一度もなかったわ。それはね、お父さんとお母さんを尊敬していたし誇《ほこ》りに思っていたからよ。お父さんたちの娘であることが自慢《じまん》だったわ。なのに、なのに、『頼まれたから預かって育てていた』なんて、そんな悲しいこと言わないでよ。お父さん、お願い。私、お父さんの娘でいたい」

涙をポロポロこぼしながらシャーロットが両手を拳《こぶし》にして訴えた。

クレールは感情を持て余して泣いているシャーロットが可哀想《かわいそう》でたまらない。

最初は有名な事件の当事者たちが目の前にいることに仰天《ぎょうてん》していたが、二人のやりとりを聞いているうちに（この娘《こ》はまだ十七歳《さい》だ。一度に全部飲《の》み込むなんて無理なのは当たり前だ。自分が彼女《かのじょ》の立場だったら、もっともっと取り乱していただろう）と、シャーロットを思いやった。

「シャーロットさんの言い分はもっともだわ。リック、あなた言葉が足りないにもほどがあるわよ。シャーロットさんはあなたと暮らした十六年間を全部覚えているの。彼女にとってあなたは今も大好きなお父さんなのよ？」

「だが……」

クレールは『待って』というようにリックに向けて手のひらを立てた。

「聞いてちょうだい。ねえ、シャーロットさん、あなたより三十年以上長く生きてきた私の考えを聞いてほしいの。話を聞いて、受け入れるかどうかはあなたが決めることよ」

シャーロットはどんな話が始まるのか分からず涙で濡《ぬ》れた顔のままクレールの話を聞くことにした。

「今後、あなたの素性《すじょう》が知られた時のために、とりあえず匿《かくま》ってくれる人を作っておくべきだと思う。今日お城でお会いした上司の方たちはとても信頼《しんらい》できそうだったわ。あの方はあなたのことをちゃんと心配してくれていると感じたの。もしなにかあって身を隠さなきゃならないときは、ほんのいっときでいいから匿ってもらえるように話をつけておいたらどう？　隙《すき》を見てお城を逃げ出す手を確保しておくの。お城を逃げ出したら私のところにいらっしゃい。私がなんとしてでもあなたを隠してあげる」

シャーロットはその提案を聞いて考えてみるが、（ルーシーさんにこんな話をしたら、ルーシーさんは私のことをどう思うだろう）と迷った。

「シャーロットさんはお城で働き続けたいのよね？」

「はい」

「あの人じゃなくてもいい、誰か口が堅《かた》くて信頼できて、頼《たよ》れそうな人を知らない？　まだ勤め始めて一年じゃ難しいかしら」

シャーロットの脳裏《のうり》にシモンの顔が浮《う》かんだ。

だが、剣の練習をしているだけの相手にこんな面倒《めんどう》な話をしたら迷惑《めいわく》ではないだろうか、とまた迷う。

クレールが今度はリックを見上げて意見をした。

「若い娘をここで暮らさせるのは酷《こく》よ。あなたがここに戻って暮らすとしても、いずれあなただって年を取る。その前に病気で寝込《ねこ》むことだってあり得るわ。そうなった時、シャーロットさんはどうすればいいの？　そりゃお金はあるだろうけど、愚痴《ぐち》をこぼす相手も相談する人もいないこの家で、一人きりで何もかもこなせと？」

「それは……」

「他人と触《ふ》れ合うことを知らなかった頃《ころ》ならまだしも、シャーロットさんはもう人の中で暮らす生活を経験しているのよ。今からここに戻ったら、さぞかし寂しいと思うわ」

ここでクレールはひと息ついて、また話し始めた。

「お城でうっかりソフィア様を知っている人に見つかった時に、助けてくれる人を見つけておくべきだと思う。それに、逃げるだけ隠れるだけっていうのはあまりいい方法じゃない気がする。いざという時、誰も頼れないじゃないの」

いつの間にかこの場をクレールが指揮していて、シャーロットとリックが彼女の話に聞き入っていた。

「それと、最初にやるべきは、その親戚に連絡をとることよ。もしかしたらマーサさんの居所をつかめるかもしれないじゃない。さあリック、すぐに手紙を書きなさいな。明日の朝一番に、私が王都の配達業者に渡《わた》してくるわ」

「紙とペンならあります」

シャーロットは母が使っていた小さな机の引き出しから紙とペンを持ってきた。リックは迷った末にシャーロットの祖父である侯爵《こうしゃく》に手紙を書くことにした。マーサの兄はどう出るかわからなかったからだ。

マーサがいない以上、自分たちをジョスラン国王に売る可能性がある、とリックは考えた。リックは書いても差《さ》し障《さわ》りが無いような表現で手紙に全てを書いた。

『あの娘』は元気に生きていること。

父として『娘』を育てた自分が記憶を失い、十七年より前までしか記憶がないこと。

『あの夜に一緒に出たはずの妻』がいないこと。

『娘』と自分は妻を探していること。

『娘』と共に侯爵に会って話がしたいこと。

もし会えるならば落ち合う場所はランシェル王国の王城前の広場にしたいこと。

リックは最初、人目がなく見晴らしが良い場所を提案したが、クレールが「人目が多い場所の方がむしろ安全よ。お城の近くなら衛兵もいるもの」と主張し、広場になった。

確かに衛兵の目が届くところなら、相手がどんな考えであってもいきなり何かされることはないだろうとリックとシャーロットも同意した。

約束の日時はシャーロットの来月の休みの日。時刻は正午にして封筒《ふうとう》に入れた。

「これでいいわ。シャーロットさん、あなたもこれでいい？」

「はい」

「じゃあ私は帰るけど、その前にリック、ひとつだけ聞いておきたいことがあるの」

「なんだい？」

「詳《くわ》しいことは言わなくてもいいから、『はい』か『いいえ』で答えてくれる？　あなたとマーサさんがシャーロットさんを連れ出したのは、私利私欲のためではないと神の前でも胸を張って言えるのよね？」

クレールがじいっとリックの目を覗《のぞ》き込んだ。何ひとつ見逃《みのが》さない、という気迫《きはく》が漂《ただよ》う厳しい眼差《まなざ》しだ。

「もちろん『はい』だ。神様と俺の両親の名誉《めいよ》にかけて誓《ちか》う。私利私欲のために連れ出したんじゃない」

リックはクレールに連れ去りの理由をきちんと説明していなかったことに気づき、シャーロットを連れ出した事情を改めて説明した。

「なるほどね。私もその場にいたら、間違いなくあなたたちと同じ事をしたわ。さて、私は帰るけど、リックとシャーロットさんはどうする？」

「俺はここに残る」

「私もここに」

「わかったわ。今夜は疲れてるでしょうから、ゆっくり眠ってね。二人とも、何かあったらいつでも私の家にいらっしゃい」

「クレールさん」

「なあに？　シャーロットさん」

「父を助けてくれて、私たちの心配もしてくれて、ありがとうございます」

「私は自分がしたいようにしただけ。気にしないでいいのよ」

そう言ってクレールは笑顔《えがお》で帰って行った。

シャーロットはテーブルに散らばっている金貨を拾い集めて革袋に入れ、壺に入れてから、また元の場所に戻した。指輪は少し迷ってから包んであったハンカチに包み直して自分の肩掛《かたか》けカバンに入れた。

「お父さん、クレールさんを帰しちゃって良かったの？」

「いい。父さんはシャーロットと一緒にここにいるよ」

「そう。お父さん、ミントのお茶を飲む？」

「そうしようか」

まだ涙《なみだ》が残るまつ毛を手の甲《こう》でぐいっと拭《ふ》いて、シャーロットがヤカンを手に家を出た。

もう外は真っ暗だったが家の窓から漏《も》れる灯《あか》りを頼りに沢《さわ》に向かう。

あんなに泣いたのも、あんなに感情的になったのも、親に向かって大きな声を出したのも、生まれて初めてだった。

「お父さんが悪いわけじゃない。記憶《きおく》がないのは仕方がない。でも……」

絶対に当人たちには言うまいと思っているが、クレールと父が親しいのも悲しかった。

ただの友人だろうし、クレールがとてもいい人なのを知っていてもなお、行方不明の母が気の毒だと思った。

「お母さん、まだ生きているよね？」

澄《す》んだ冬の夜空を見上げた。煌《きら》めくたくさんの星に向かってそう声に出した。

本当は、もう母が生きていないような気がしてならない。

誕生日の夜、母の顔色が酷《ひど》く悪かったことも、当時急に痩《や》せていたことも、一日だって忘れたことがない。

何よりも、あのしっかり者の母が生きているのなら、一年も連絡をしてこないなんてありえないと思っていた。おそらく母は……。

「お母さん」

その場でうずくまってしばらく泣いた。

シャーロットは、平和な森の中の暮らしがずっと続くと思っていた。

両親は老人になるまで生きているものだと漠然《ばくぜん》と思っていた。

カサッと枯葉《かれは》を踏《ふ》む音がして、顔を上げると父が立っていた。

「シャーロット。帰って来ないから心配したよ」

父は最後に見たあの夜よりずっと老《ふ》けていた。はっきりわかるほど痩せてしまっている。

シャーロットは立ち上がり、そのまま父に抱きついた。

お城では抱きしめてくれなかった父が、今度は力強く抱きしめてくれた。

「お父さん、お父さんは長生きしてよ。私の自慢のお父さんでいてよ」

「ああ、大丈夫だ。そう簡単に死にはしないさ。父さんはこの一年、ずっと混乱していたんだ。怪我のあとはもう、記憶が戻らずにどうしたらいいのかわからなかった。でも、さっき、ミントのお茶を入れると聞いて、自然にロープを見上げたんだ」

「え？」

「ミントの束が干してあること、どこかで覚えているようだ。記憶は消えてしまったんじゃなくて、思い出せないだけなのかもしれないな」

「ほんとに？」

「ああ、でもそれだけなんだ」

シャーロットは父の胸に顔を埋《うず》めて懐かしい父の匂《にお》いを嗅《か》いだ。

「お父さん」

「なんだい」

「明日、お父さんと狩りに行きたい」

父が無言なので、抱きついたまま顔を見上げた。

リックは暗い森の奥《おく》を見たままぼんやりした表情でつぶやいた。

「シャーロット、獲物《えもの》を狩るときは風向きに気を付けるんだよ……」

「お父さん？」

「そう、繰《く》り返し教えたな？」

「お父さんっ！　思い出したの？」

「少しだけ。干してあるミントの束、獲物を狩るときの注意。これだけだよ。ごめんよ、シャーロット」

「いい。それだけでも嬉《うれ》しい。さっきは怒鳴《どな》ってごめんね」

「いいんだ」

そう言ってリックは娘の頭を撫でた。

「シャーロット、何もかもすまなかった」

「もういいの。お父さんが悪いわけじゃない。私のことを心配していろいろ隠していたんでしょう？　ねえお父さん」

「なんだい」

「人の中で暮らすのも楽しいよ」

「そうか。俺もマーサも、間違っていたんだな」

「ううん。三人だけの暮らしも楽しかった。でも、いろんな人と働いたり笑ったりするの、初めてだったけど楽しいの。みんな優《やさ》しくしてくれるし」

そこまで言ってから父を抱きしめていた腕《うで》を離《はな》して、ヤカンに水を汲《く》んで家に向かった。

その夜はミントのお茶を飲んで、二人で同じ部屋で眠った。母のベッドはもう母の匂いがほとんど残っていなかったけれど、シャーロットは母に包まれているような気がしてぐっすり眠った。

翌日の狩りは大猟《たいりょう》だった。

父は狩りの勘《かん》を失っておらず、弓矢で若い鹿を仕留めた。シャーロットは鴨《かも》を三羽《わ》仕留めた。

帰りがけにウサギも一羽。

二人で沢で血抜《ちぬ》きをし、皮を剥《は》ぎ、解体した。

家まで往復して肉と皮を運び、保存する肉を庭先で燻《いぶ》したり、切り身に岩塩を削《けず》って振りかけて干し肉にする下ごしらえをしたりした。

シャーロットにはとても楽しく懐かしい時間だったが、午後の早いうちに城に戻らなければならない。

「お父さんはどうするの？」

「シャーロットのお祖父《じい》さんたちに会う日まではずっとここにいるさ」

「一人じゃ心配だわ」

「猟師の息子《むすこ》なんだぞ、お父さんは」

「そうだったわね。ねえ、クレールさんにお礼をしなくちゃね」

「そうだな。あの人はいらないと言っているがそういうわけにもいかないな。ずいぶん世話になったし、かなりお金も使わせてしまったんだ」

「そうだったの……」

少し考えて、シャーロットはいいことを思いついた。

「クレールさん、お金を渡しに行っても受け取ってくれない気がする」

「ああ、父さんもそう思うよ」

「私、お城で少しだけ縫《ぬ》い物《もの》の仕事もさせてもらっているの。クレールさんに服を縫ってもいいかな」

「ああ、きっと喜ぶよ」

「じゃあ、縫っておくわね。お父さん、待ち合わせの日までに何かあったらすぐにクレールさんのところに行ってよ。お城に連絡をくれてもいいから」

「大丈夫《だいじょうぶ》だ。ここにいたら忘れていることを思い出せそうな気がするんだよ」

「そっか。じゃあ、私はそろそろお城に向かうね」

「おう。いってらっしゃい。気をつけてな」

何度も何度も家を振り返りながら、シャーロットは歩いて城に向かった。


城に戻ったシャーロットは、迷った末にシモンではなくルーシーに相談がある、と申し出た。

「いいわよ。今?」

「ルーシーさんの都合がいい時にお願いします」

ルーシーはすぐに衣装《いしょう》部の奥にある自分の部屋にシャーロットを招き入れた。

「それで、相談とは何かしら?」

「私のことについてです」

「あなたのこと?」

そこからシャーロットは自分の生まれのことは伏《ふ》せて話をした。

「もし私を無理矢理《むりやり》連れ出そうとする人がいたら、少しの間だけ私を匿《かくま》っていただけませんか」

ルーシーはそれを聞いて（面会に来た男女は良さそうな人に見えたが、実はシャーロットに害を為《な》す人だったのだろうか）と勘違《かんちが》いをした。

「シャーロット、私を信用して全部話してごらんなさい。私はあなたを守る責任もあるの。助けてあげたいから、あなたが困っていることを話してごらん。事情がわからないままじゃ、あなたを助けられないじゃないの」

駆け引きや作り話をしたことがないシャーロットは、困惑《こんわく》した。

黙り込んだシャーロットを心配して、ルーシーは立ち上がってシャーロットに近寄り、肩《かた》を抱いた。

「あなたが真面目で正直で善良な娘《こ》だってことは知っているわ。そのあなたが困っているなら力になりたいの。私に話してごらんなさい。いざという時は必ず助けてあげるから。なにか言いにくいようなことがあったのね？」

今、シャーロットがお城で一番尊敬していて信用できる人はルーシーだ。だが、

（両親があんなに必死に隠していたことなのに。ここであっさり人に話すなんて）

そう迷ってしまう。

気の利《き》いた言い訳も、もっともらしい嘘《うそ》も思いつかない。その間にもルーシーは
「大丈夫だから本当のことを言ってごらん」

心配して繰り返している。シャーロットの背中に冷《ひ》や汗《あせ》が滲《にじ》んできた。

散々迷った末に、シャーロットは知ったばかりの自分の秘密を伝えることにした。

（ルーシーさんなら、きっと大丈夫）と。

「実は……」

シャーロットは全ての真実を話した。

「と言うわけで、もし私の母を見知っている人に私の正体を気づかれた時、バンタース王国に連れて行かれないよう、命を狙《ねら》われたりしないよう、私を隠してほしいんです。少しの間だけ隠していただけたら、その後は自分でどうにかしますから」

シャーロットから話を聞いたルーシーは絶句していた。

あの男女がシャーロットの美貌《びぼう》に目をつけて彼女を売り飛ばそうとしてる、という類《たぐい》の話かと思っていたのに、目の前の美人は自分が隣国の王族だと言う。

「ええと、その話は証拠かなにかあるの？　顔が似ているっていうだけなの？」

「これがその証拠です」

そう言ってシャーロットは無造作にポケットから白いハンカチに包んだものを手渡《てわた》した。

それが何かわからないまま受け取って中を見たルーシーは、あまりに大きなルビーが付いている指輪を見て息を止める。

「内側に両親の名前が」

言われて急いで老眼鏡をかけ、窓から入る光に指輪を向けて内側の文字を読み、唖然《あぜん》とした。

隣国の前国王の娘が生まれた直後に連れ去られたことは、この国でも有名な事件だったから、ルーシーもその名前は知っていた。事件を題材にした歌劇も観《み》たことがある。

(落ち着いて。慌てないで。間違《まちが》いないか、もう一度確認《かくにん》しなさい)

ルーシーは自分を落ち着かせながら、今度はルビーをじっくり見る。

仕事柄《しごとがら》、王族が身に着ける宝石を見慣れているルーシーにも、その宝石は本物にしか見えない。澄んだ深みのある赤、ぎょっとするほどの大きさから、間違いなく王族が持つ指輪だと思った。

ルーシーはしばらく固まっていたが、

「こんなことがあるものなのね。まるで貴族のご令嬢《れいじょう》みたいな容姿だとは思っていたけど。シャーロット、この件は私の裁量でどうこうできる話じゃないわ。少し時間をくれる?」

「はい。もちろんです」

「あなたはどうしたいの？」

シャーロットは必死な顔で訴えた。

「私は今まで通り、お城で働きたいです。周囲の人にはこのことを知られたくありません。でも、私の外見が実母にそっくりなんだそうで。お城で働いていたら、いつかそれに気づかれるのではないかと父が酷く心配しています。お城を辞めたほうがいいとまで言うんです。私のわがままなのはわかっています。でも私、ここの仕事を失いたくないんです。みんなと一緒《いっしょ》に働きたいです」

「……そう。一応わかった。時間がかかるかもしれないけど、信頼できる方に相談するわ。それと、その指輪は絶対に人に見せちゃだめよ？　そうだわ」

そう言うとルーシーは王族のアクセサリー用に作り置きしてある淡《あわ》いピンク色の小袋《こぶくろ》に指輪を入れた。小袋の口を絞《しぼ》るリボンを細く長いリボンに交換《こうかん》し、両端《りょうたん》をきつく結んでからシャーロットの首にかけた。

「外から見えないように服の中に入れて。指輪を見せるのも人に話すのも絶対にだめよ？それと、あなたは王族だった、ではないわ。今も王族よ」

少しだけ寂《さび》しそうな顔をしたシャーロットは、ルーシーを見た。

「私は今のまま、シャーロット・アルベールとしてここで働き続けたいです。隣国の王族として生きるつもりは欠片《かけら》もありません。なので、もし正体が見破られても、あちらに連れて行かれないようにしたいのです。いきなり連れ去られることはないと思いますが、そうならないように助けてくれる人を見つけておくべきだと、ここに来たクレールさんに言われました。私も同じ考えです。どうかよろしくお願いします」

ぺこりと頭を下げて、シャーロットが部屋から出た。

ドアが閉まるのを確認してからルーシーは深く息を吐《は》いた。

「国王の娘って！」

親指の先を軽く噛みながら、ルーシーは相談相手を誰にすべきか考え続けた。そして決意を固めてから部屋を出た。

向かった先は王妃《おうひ》の私室だ。

王妃は在室していた。お付きの侍女《じじょ》に取り次いでもらい、部屋に入った。

「ルーシー、どうしたの？」

「急に申し訳ございません」

「いいのよ。あなたが来るなんて珍《めずら》しいじゃない？　込《こ》み入った話なら人払《ひとばら》いするわよ？」

「お願いいたします」

ルーシーがそう答えると、王妃が控《ひか》えているお付きの侍女を見る。素早《すばや》く侍女たちは姿を消した。それを確認してからルーシーは口を開いた。

「実は……」

ルーシーはシャーロットの話を、わかりやすく、順番を考えながら話した。

「以上でございます。私の手に余る内容ですので、こうして王妃殿下《でんか》にご相談に上がりました。こんな大変なこと、お願いできる方を他には思いつきませんでした。どうかシャーロットのことをお守りくださいませ。あの娘は本当に真面目で善良な人間です。どうかどうか、よろしくお願いいたします」

ルーシーは何度も頭を下げて部屋を下がった。


王妃クリスティナは動揺《どうよう》していた。

夜、食事の最中に国王から話しかけられているのを二回も聞き逃《のが》した。それを不審《ふしん》に思った国王は、夕食の後で王妃の私室を訪問した。

「クリスティナ、何か悩《なや》み事《ごと》か？」

「やはり気づかれましたか。私、とんでもないことを聞いてしまいましたの。陛下にご相談しようと思っておりましたが、どう切り出そうかと迷っておりました」

「いったい何事かな？　いつも冷静な君がそんなに悩むなんて」

「陛下、実は……」

そこから聞かされたシャーロットの話に、今度は国王が絶句した。

この城で下級侍女として働いている娘がバンタース王国の前国王の娘だなどと、誰が想像するだろうか。

「あの事件の赤《あか》ん坊《ぼう》が我《わ》が城《しろ》に……。その娘の作り話じゃないだろうな」

「証拠の指輪があるそうです。指輪はルーシーが確認済みです。指輪はいずれちゃんと確認しなければなりませんが、何よりも本人はこのまま出自のことは隠《かく》して下級侍女として働きたいと言っているそうです。王族であることは知られたくない、守ってほしい、と。陛下、あちらに差し出せば上手に始末されてしまうかもしれませんわよね？　そのシャーロットという娘の刺繍《ししゅう》、子どもたちが気に入っているのですよ。あれだけの刺繍の上手《うま》い娘、失うのは惜《お》しいですわ」

国王に話をする前、クリスティナ王妃はソフィア前王妃の気持ちを何度も想像していた。

自分もソフィア前王妃と同じ状況《じょうきょう》に置かれたら、きっと同じことをしただろうと思った。

三人の子どもたちの姿を思《おも》い浮かべながら（愛《いと》しい我が子を義弟《ぎてい》に殺されるくらいなら、どんな形でも生き延びてほしい）と行動したはずだ。

ソフィア前王妃のその時の心情を思って、クリスティナは何度も泣いた。

子を持つ母として、王妃として、クリスティナはシャーロットという娘《むすめ》をどうにか助けてやりたいと思っている。

国王が王妃の顔を見た。

王妃は常日頃《つねひごろ》、夫に従い、臣下の貴族夫人の相手を上手くこなしている。

クリスティナは『良き王妃』のお手本みたいな妻だ。その妻が、物言いたげに国王を見つめている。

「クリスティナ、言いたいことはわかるが、その娘を手元に置いておくのはかなり厄介《やっかい》だぞ」

「結論を出す前に、一度会ってみましょうよ。どんな娘なのか、私は会ってみたいのです」

「いや、それはどうだろう。会ってみて善良な娘だったらお前は情が湧《わ》くだろう。逆に困るぞ？」

「善良な国民を守るのは王家の役目では？」

「そう簡単に言うな。そんな単純な話ではない」

それから数日、国王はどうしたものかと悩みながら過ごした。その間にも王妃の物言いたげな視線が何度も国王に向けられる。

国王もなんとかその娘を助けてやりたいが、下手をすれば隣国との間に何かしらの軋轢《あつれき》が生じかねない。

隣国のジョスラン国王の噂《うわさ》は漏れ伝わっている。噂を丸ごと信じるつもりはないが、耳に入る噂がどれもあまり評判の良いものではないことは確かだった。

「あちらに知らせれば、シャーロットはこれ幸いと始末される可能性がある。逆にその娘が反王家の旗印として担《かつ》ぎ上げられるのも気の毒な話だ。本人にその気がないのなら、なんとかこの国で穏《おだ》やかに暮らさせたいものだが。どう手を打つべきか」

国王がシャーロットの扱《あつか》いに悩んでいるうちに、以前頼《たの》んでおいた彼女の身辺調査の結果が国王に届けられた。

「やはりそうか。聞き覚えがある名前だと思っていたが、オレリアンが懐いている上にシモンが気に入っている侍女じゃないか」

正直なことを言えば、弟のように可愛《かわい》がっているシモンが深入りしないうちにその娘から引き離したい。

しかし母親に問題があったせいで女性に嫌悪《けんお》感《かん》を持っているシモンがやっと心を寄せた女性だ。シモンにやめろと言っても、そう簡単に言いなりにならないだろうことも想像がつく。

「参ったな」

国王は再び考え込んだ。

シャーロットの母方の実家にうかつに知らせるのはためらわれた。亡《な》きソフィア王妃の実家が現王家とどんな関係にあるのかわからない。

「急がずじっくり見極《みきわ》めるか。やはり一度本人に会って話を聞いてみるべきだろうな」

国王はそう腹を決めた。

だがその前にオレリアンの「森に住む民の暮らしの見学」の日程が迫《せま》っていた。シャーロットの事情を知る前に決めたものだが、日程を動かす理由も思い浮かばない。オレリアンは国王と顔を合わせれば毎回その話ばかりしていた。

「あんなに楽しみにしているんだ。行かせてやろう」

第七章 王子とピチット

オレリアン王子の『見学』の日が近づいてきた。

森の動物を見たいのなら春の方がいいだろうという国王の判断で、森に出かけるのは三月の上旬《じょうじゅん》と決まっていた。見学の前日、国王はシモンを呼んでシャーロットの秘密には触れずに話を振った。

「シモン。まだ侍女と剣《けん》の鍛錬《たんれん》をしているのか？」

「はい。朝の短い時間だけですが」

「そうか。その侍女の腕前《うでまえ》はどうなんだい？」

「入りたての兵士などよりはよほど腕は立ちます。白鷹《はくたか》隊の連中と比べてもそれほど引けは取りません。ただ、彼女は実戦の経験はないでしょうから一概《いちがい》に剣の腕だけでは判断できませんが」

「そうか。そんなに腕が立つか」

「陛下、彼女のことで何か？」

そう言うシモンの顔が硬《かた》い。下手なことを言えば頑《かたく》なになるな、と判断して王は笑顔を作った。

「いや、なんでもない」

「そうですか」

国王がシモンに何も伝えられないまま、オレリアン王子の森の家への訪問の日になった。

シャーロットは事前に父に手紙を書いて王子と護衛の訪問を知らせておいたが、なんとも落ち着かない気持ちで自分の家に向かった。

ルーシーからは「相談した方からはまだ返事を頂いていない」としか言われていないのも落ち着かない原因だ。

オレリアン王子の護衛は総勢三十名。王子の乗る馬車の前後左右に白鷹隊と一般《いっぱん》の兵士が警護についている。御者席《ぎょしゃせき》には道案内のシャーロットと立候補したシモンが座《すわ》っていた。

粛々《しゅくしゅく》と隊列は進む。

途中《とちゅう》、シャーロットはシモンに父親のことを嬉しそうに報告した。

「一年間も行方《ゆくえ》不明《ふめい》だった父と再会できたんですよ」

それまで個人的な会話をほとんどしてこなかったシモンは会話の種ができたことを喜んだ。

「それは良かった。君の父上は大変だったんだね。今はどうしてるの？」

笑顔でそう応じたが、シャーロットの返事は想定外だった。

「父の記憶がごっそり抜け落《ぬ》ちていて、これから戻《もど》るかどうかもわからないんです」

「それは大変だ。でも、これから少しずつ記憶が戻ってくるかもしれない。少し戻ったのなら、期待できるさ」

シモンは精一杯《せいいっぱい》シャーロットを慰《なぐさ》めたり励《はげ》ましたりしていた。

一行は朝の十時には森の中の小さな家に到着《とうちゃく》した。

家の前の開けた場所で兵士たちは馬から降り、馬たちは嬉しそうに辺りの草を食べ始めた。沢の匂いを嗅ぎつけて水を飲みに行きたがる馬もいる。

王子はわくわくした様子で馬車から飛び降りた。

家の前で待っていた父のリックが急いで近寄り、オレリアン王子の前で膝《ひざ》をつき頭を下げた。

「殿下《でんか》、私の父のリックです」

「やあ、シャーロットのお父さん？　今日はよろしくね」

「お待ちしておりました殿下。ご訪問、光栄でございます」

「殿下、あれが我《わ》が家《や》です。小さな家ですが居心地《いごこち》はいいんですよ」

「おとぎ話の家みたいだね！　ねえ、ピチットは来る？」

「ピチットは森のどこかで餌《えさ》を探していると思いますが、そのうち来ると思いますよ」

「早く会いたいよ」

「では呼んでみましょうか。少々お待ちください」

家の前の草むらに三十名の兵士と三十頭の馬がいる。ピチットが彼《かれ》らを怖《こわ》がって来ないかもしれないと判断したシャーロットは、家の中から父の手作りの笛を持って来た。

笛は、大人の親指ほどの大きさ。

樹皮が付いたままの木の枝の中心部をくり抜いてあり、側面に穴が二カ所開けられている。シャーロットは笛を咥《くわ》えて指を動かしながら、ピチットの鳴き声を真似《まね》て音を出した。

「ツーツーピーツーピー、ツーツーピーツーピー」

同じ調子で四、五回鳴らして待った。すると遠くで同じ調子で鳴き返す声がした。

シャーロットはそれを聞いて王子に微笑《ほほえ》みかけ、「来たみたいですよ」と話しかけてからもう一度笛を鳴らす。

「ツーツーピーツーピー」

するとすぐ近くで同じ鳴き声がした。

『ツーツーピーツーピー』

鳴き返す声を聞いて、兵士たちも「おっ」という顔になった。皆《みな》、小鳥を驚《おどろ》かさないように静かにしてくれる。

「ピチット！　おいで！」

声を掛《か》けながら木立にシャーロットが近寄ると、小鳥が少しずつ枝を飛び移りながらシャーロットに近寄ってくる。

シャーロットが腕を伸《の》ばすと、ピチットは羽ばたいてその腕に飛び移り、肩に止まった。

興奮で顔を赤くしたままジッとしているオレリアンの方へ、シャーロットがゆっくり近寄る。オレリアンはその小鳥を見て（シャーロットの刺繍とそっくりだ！）と感動している。

「ピチット、あなたに王子様が会いに来てくださったわよ」

『チチチッ』

「殿下、ゆっくり腕を伸ばしてください」

無言でコクコクとうなずいたオレリアンが腕を伸ばすと、何度か首をかしげたピチットがシャーロットの肩から腕に移動し、ついにオレリアンの腕へと飛び移った。

石像のように固まっているオレリアンの腕を伝い、、ピチットが肩に止まる。そこでピヨイピヨイと何度も嬉しそうに飛び跳《は》ね、最後に王子の耳元で『チチチッ、ツーツーピー

ツーピー』と歌った。

オレリアンは目をこれ以上ないくらい見開いて、声は出さずに口を『わあ！』という形に開けた。

やがてピチットはまた枝へと飛び移り、シャーロットとオレリアンが歩くと寄り添《そ》うように枝を移動した。

「見たか？」

「見た。森の女神《めがみ》みたいだった」

「俺《おれ》、あの娘《こ》があんな風に笑うとこ、初めて見たけど」

「神々《こうごう》しいような笑顔だったな」

「それだ。まさに神々しかった」

シモンはそれを背中で聞きながらなんとも落ち着かない気分になった。

自分も胸を貫《つらぬ》かれたようにドキッとしていた。あの笑顔を他の男に見られたくない、と初めて感じた独占欲《どくせんよく》に戸惑《とまど》ってもいた。

そんな周囲の思惑《おもわく》にきづいていないシャーロットは、オレリアンをもてなしたい気持ちで話しかけた。

「殿下、森の中を歩きますか？」

「クルミ、まだあるかな」

「どうでしょう。リスがあらかた食べたか隠してしまったと思いますが、探しながら歩きましょうか」

「うん！」

「では、急いで着替《きか》えてまいります。少しだけお待ちください」

そう言ってシャーロットは家に入り、手早く狩猟《しゅりょう》用の服に着替えた。

長く豊かな髪《かみ》をひとつに縛《しば》り、背中に矢筒《やづつ》、左手に弓、大型ナイフを収めてある鞘《さや》を右の腿《もも》にくくり付けて出てきた。

それを見た兵士たちの間に無言の動揺が広がる。誰《だれ》も口には出さないが、すらりとしたシャーロットの凛々《りり》しい狩猟服姿に見とれていた。

オレリアンは深い森の様子に興奮しっぱなしだ。

城壁《じょうへき》の中の手入れし尽《つ》くされた緑とは全く違《ちが》う森の緑の豊かさに、何を見てもわくわくしている。シャーロットに案内されて、二人は森に入った。二人のすぐ後ろにはシモンが付いた。

「殿下、あそこにリスが」

「どこっ？」

「しー。私の指の先を見てください」

言われたとおりにオレリアンがシャーロットの指先の延長線上を探すと、リスが枝の上でクルミを両腕《りょううで》で抱《かか》えて齧《かじ》っている。

「わ、いた！」

「リスはクルミを木の枝に隠したり地面に浅く穴を掘《ほ》って土や落ち葉を被《かぶ》せたりして、食べ物がない時期に食べているんです」

「埋めるっていうのは本で読んだけど、木の枝って？　どうやるの？」

「私が見たのは、枝分かれしている部分にギュッと挟《はさ》んで落ちないようにしていました」

「へぇえ。可愛いなぁ」

護衛たちはオレリアンの見学の邪魔《じゃま》にならないように距離《きょり》を置いて付いて歩いていた。兵士たちが前に立つと動物が逃《に》げてしまうので、オレリアンを両側と後方から囲むようにして守っている。

しばらく歩くと沼《ぬま》に出た。

沼の真ん中辺りにはたくさんの鴨が羽を休めていた。

岸の近くでせっせと餌を食べていた数羽《すうわ》の鴨が、人の気配に驚いて飛び立った。

シャーロットが素早く弓を構え、流れるような動作で背中の矢筒から立て続けに二本の矢を引き抜いて放った。ヒュンッヒュンッ！　と音を立てて飛んだ矢は、沼の中心に向かおうとした二羽に命中し、鴨は岸辺近くの水面に落ちた。

「おおおお」

兵士たちの野太い声が辺りに響《ひび》く。

シャーロットはブーツが濡《ぬ》れるのも気にせず、ザバザバと水の中に入って二羽の鴨を回収して戻った。

二羽の鴨の首を持ってぶら下げて岸に戻り「今夜の父の夕食です」と笑うシャーロットにオレリアンはあんぐりと口を開けていた。

「殿下、どうかなさいましたか？」

「シャーロットはピチットの友達なのに、鴨を食べるのか？」

「食べますよ。私が森の家で食べているものは、鴨も鹿もウサギも全部生きているものばかりです」

「そうかぁ」

「命を貰《もら》って食べる以上、私は食べ物を無駄《むだ》にしませんし、好き嫌《きら》いもしません。感謝して全部食べます。皮も羽根も骨も内臓も捨てずに何かしらで使います」

後ろで会話を聞いているシモンは、先ほどの弓を射るときのシャーロットの姿に感動し

ていた。

鴨を狙う時の迷いの無さ、流れるような動作の美しさ、鴨の動きを予測した狙いの正確さは予想の遥《はる》か上を行っていた。

(彼女《かのじょ》は実戦でも間違いなく強いな)と舌を巻いていた。


オレリアンと歩いていたシャーロットが突然《とつぜん》「見つけました」と言って木に登り始めた。枝に手をかけ、身体を引き上げながら足を枝にかけて軽々と常緑樹の大木を登っていく。かなり上の枝に到達《とうたつ》すると、木の枝に挟まれているクルミを掴《つか》んで取り外し、下で待っているシモンに向かって二個、続けて放った。シモンはパシ、パシ、と片手で危なげなくクルミを受け取った。

他にクルミがないのを確認してから、シャーロットはするすると木から下りて、最後は三メートルほどの高さからスタッと地面に飛び降りた。

「二つしか見つかりませんでした」

「二個でも僕《ぼく》は嬉しいよ！　リスが運んで隠したクルミなんて初めてだ。これは僕の一生の宝物だよ！」

「お気《き》に召《め》したのなら良かったです」

シャーロットが笑い、その顔のまま自分たちを見守っている兵士の方を何気なく振《ふ》り返った。多くの若い兵士がその自然な笑顔《えがお》に目を奪《うば》われていた。

シャーロットはほぼ全ての兵士に注目されていたのに気づき、ほんの少し怯《おび》えを滲ませてスッと顔の向きを変えた。

「ほらぁ！　お前が見るから」

「はぁ？　お前だって見ていただろうが」

「お前ら目が怖いんだって、ギラついてんぞ」

「いやいや、お前こそよだれが出そうだぞ」

シモンが（もうそのへんでやめておけ）と言わんばかりの視線を向け、兵士たちを黙《だま》らせた。

「殿下、初夏になると森は新緑に包まれて、とても美しくなるんです。あちこちで小鳥の雛《ひな》が生まれますし、鴨も巣を作って卵をたくさん産みます。子ウサギも生まれます。イノシシは五、六匹《ぴき》は子どもを連れて歩いています。その頃《ころ》の森も楽しいですよ」

「また来る！　絶対に来るよ。父上がお許し下さるなら毎日でも来たいのに！」

そんな会話をしながらも、オレリアンはせっせと木の葉をむしっている。城にはない木の葉を全部一枚ずつ持ち帰って押し葉《おば》にするつもりなのだ。

楽しく会話しているオレリアンとシャーロットにシモンが声をかけた。

「殿下、だいぶ家から離れましたので、そろそろ引き返しましょう」

そう促《うなが》され、全員が家の方に向かって戻ることになった。

シャーロットの家に近づくにつれて、なんとも美味《おい》しそうな匂《にお》いが漂《ただよ》ってくることにオレリアンが気づいた。

「いい匂いだねシャーロット！」

「あっ、これは父の自慢《じまん》料理の匂いですよ！」

シャーロットが早足になる。オレリアンは遅《おく》れないように小走りになり、シモンは王子にピッタリ付いて早足になった。

「お父さん！　この匂い、もしかして」

玄関前《げんかんまえ》でリックが笑顔で待っていた。

「お帰り。イノシシの炙《あぶ》り焼きだよ。護衛の皆さんの分もあります。さあ、どうぞこちらへ」

兵士たちの表情が輝《かがや》いた。

「炙り焼きってなんだろ」

「丸焼きのことか？」

護衛の兵士たちがそんなことを言いながらぞろぞろと裏庭に向かうと、大きな焚火《たきび》を囲むようにして半円形の石積みの壁《かべ》が作られていた。半円形の壁の高さは大人の身長くらいある。

その焚火と石積みの壁から少し離《はな》れた場所に、木の幹を組み合わせた物干し台のような物が組まれていた。そこには皮を剥《は》いで内臓を抜き、縦に二つ割りにされたイノシシの半身が四つ、鉄の鉤《かぎ》でぶら下げられていた。

「シャーロットが手紙をくれましたので、前もってイノシシを仕留めておきました。昨日のうちに下味を付けて焼いてありますので、あと少し炙って温まったら食べごろです」

「お父さん、夕べはここで寝《ね》たわね？　作り方を思い出したの？」

「これは子どもの頃に親父《おやじ》に習った焼き方だからね。忘れなかったんだよ」

リックの得意料理は肉を炎《ほのお》に直接は当てず、少し離れた位置に肉をぶら下げ、炎から届く熱と石積みの壁が反射する熱でじんわりと中まで火を通す焼き方だった。

炎や高温の熱に当てずに長時間火を通すから、柔《やわ》らかく汁気《しるけ》たっぷりに焼きあがる。表面は黒く焦《こ》げたようになっているが中はほんのりピンク色で柔らかい。

だが、この焼き方はとにかく時間がかかる。

少なくとも十二時間はかかったであろうイノシシの肉の下には、滴《したた》り落ちた良質な肉《にく》汁《じゅう》と脂《あぶら》が鍋《なべ》にたっぷり溜《た》まっていた。もちろん、それらも夜の冷気で脂を固めて肉汁と分《ぶん》離《り》させてから大切に使われる。

最初のひと切れは王子に手渡されたが、シモンがそれを引き取った。

「申し訳ありません、規則なので」

そう言って肉をひと口毒味をしたシモンが目を丸くしたのを見て、オレリアンがぴょんぴょん跳ねた。

「美味しい？　ねえシモン、美味しいの？　美味しいんでしょう？」

早く食べたいオレリアンが騒《さわ》ぐ。

「はい、殿下。あんまり美味しいので殿下のほっぺが落ちたら私が拾わなければなりません」

笑いながらシモンが返事をした。

オレリアンはシモンから皿を受け取り、フォークで刺《さ》すと、大きな口で肉を頬張《ほおば》った。

「んー！」

もぐもぐしながら目を丸くするオレリアン。シャーロットはオレリアンの様子を微笑ましく眺《なが》めた。

「さあ、皆さんもどうぞ」

リックの言葉に三十名の兵士たちがぶら下がっている肉の塊《かたまり》に群がった。シモンとシャーロットも肉を受け取って食べた。

オレリアンには普通《ふつう》の陶器《とうき》の皿が使われていたが、シャーロットと兵士たちは周囲に生えている木から大きい葉を選んでもぎ取り、二、三枚重ねて皿にした。

各人がナイフでイノシシの肉を切り取り、木の葉の皿に肉を載《の》せるのだが、肉は柔らかく、ナイフを当てると繊維《せんい》に沿ってやわやわと崩《くず》れる。

まるで鍋で煮込《にこ》んだかのように柔らかい肉を持参のフォークで口に運ぶと、全員が驚いた顔になった。仲間同士で顔を見合わせている。

「うわ、美味《うま》いな!」

「柔らかいなぁ」

「味付けが最高だな。岩塩と、あとはなんだろう」

「俺、こんなに柔らかいイノシシを初めて食べる」

「指で摘《つま》んだだけで簡単にほぐれるんだが」

「噛《か》まなくても飲《の》み込める」

「もったいないからちゃんと噛んで味わえよ」

兵士たちは次々とお代わりをして食べた。イノシシ二頭分の肉の塊がどんどん小さくな

っていく。今日は全員が携帯食《けいたいしょく》を持たされているが、それを食べる者は一人もいない。

イノシシの肉には擦《す》り込まれた岩塩や香草《こうそう》の味が染《し》み込んでいる。だが中の方は薄味《うすあじ》だ。味が物足りなく思う者のために、削《けず》った岩塩と乾燥《かんそう》させた香草を細かく砕《くだ》いて混ぜた物が器で回された。シャーロットの家にたくさん作り置きしてある自家製の調味料だ。

「ねえシモン、イノシシって初めて食べたけど、なんて美味しいんだろう。父上と母上にも食べさせたいなあ。オリヴィエにもアデルにも食べさせたかった」

オレリアンが口の周りに脂をつけたまま、ため息をついてつぶやいた。

それを聞いてリックが笑顔で話しかけた。

「殿下、では後日、同じ物をお城にお届けしましょうか?」

シモンが慌《あわ》てた。

「いえ、そこまでしていただいては申し訳ありません。今こうしていただくだけで十分ですので」

「ええー。それなら僕、少しでいいから持って帰りたいなぁ」

無邪気《むじゃき》なオレリアンの言葉にリックが嬉《うれ》しそうだ。

「殿下、もしよろしければ油紙に包んでお持ち帰りになりますか? まだまだたっぷりありますから。少し温《あたた》めればお城でもこの味が楽しめますよ」

「いいのかい？　ありがとう。ぜひお願いするよ！」

無邪気なオレリアンの言葉にシモンが苦笑《くしょう》した。シャーロットはオレリアンの言葉を聞いて心配している。

「シモン様、私たちの食べた残りを王族の方々にお渡《わた》しするのはどうなんでしょう？」

「うーん……。王家に食べ物を渡すのはいろいろ検査があるからなぁ」

「だめって言われたら僕が全部食べるから大丈夫《だいじょうぶ》だよ！」

オレリアンはなんとしても肉を持ち帰るつもりらしい。

イノシシの肉を堪能《たんのう》したあとは、シャーロットの案内でオレリアンとシモンが小さな家の中を見て回った。オレリアンは物珍《ものめずら》しそうに家の中を見回している。

「シャーロットはここで育ったんだね」

感心したり、シャーロットのベッドに掛けてある鴨《かも》の胸の羽毛《うもう》を集めて作られた布団《ふとん》の軽さと暖かさに感動したり、ミントの葉のお茶に蜂蜜《はちみつ》を入れて味わったりして過ごした。

オレリアンが特に喜んだのは巣をナイフで切り取ってガラス瓶《びん》に保存してある蜂蜜だった。

「中に幼虫は入ってないの？」

「蜜を保存する場所と幼虫を育てる場所は違うようですよ。これは蜜を溜《た》めておく部分ですから幼虫は入っていません」

「巣ごと口に入れるの？」

「私はそうしています。蜜蜂《みつばち》の巣は身体にいいのだと父は言いますが、本当かどうかはわからないです。でも私はこれをおやつ代わりに食べて育ちました。噛んでも口の中に残る巣は出してください。飲み込んでも平気ですけど」

オレリアンは蜂の巣を眺めて「美しい六角形だ」「蜂蜜が巣の中でもこんなにきれいな金色だとは」などと感心してから口に入れ、「城で食べているのよりもいい香りだよ！　美味しいなあ」と何度も繰《く》り返した。

ミントのお茶と蜂蜜を楽しんだ後は家の外に出て、またピチットと遊んだ。

ピチットはオレリアンを気に入ったらしく、頭に止まったり手のひらに乗ったりしてオレリアンを喜ばせた。

「殿下、そろそろお城に戻る時間です」

シモンにそう言われて少しだけオレリアンの目が潤《うる》む。

「また来られるように勉強を頑張《がんば》りましょうね」

シモンに慰められてオレリアンがうなずいた。

「そうだね。僕、父上にまたご褒美《ほうび》がもらえるように頑張るよ」

そう言いつつオレリアンは名残惜《なごりお》しそうにピチットの頭を人差し指でそっと撫《な》でた。ピチットは王子の手の平の上でうっとりと目を閉じて、大人しく頭を撫でさせていた。

帰《かえ》り際《ぎわ》、オレリアンがモジモジしながらシャーロットを見上げた。

「殿下、どうなさいましたか？」

「ねえ、シャーロット、ピチットを呼んだ笛、少しだけ借りてもいいかい？　吹《ふ》いてみたいんだ」

「それはかまいませんが、あれは私が散々使った物ですので。よろしければ父に新しいのを作ってもらってお城に届けてもらいましょうか？」

「ほんとに？　いいの？　嬉しいなぁ！」

いつもはこまっしゃくれているオレリアンが無邪気にぴょんぴょん飛び跳ねて喜ぶ。シモンはそれを微笑ましく眺めた。

ピチットはオレリアンが馬車に乗り込む直前まで、その肩《かた》に止まって戯《たわむ》れていた。

こうしてオレリアンの『森に住む民の暮らしの見学』はつつがなく終了《しゅうりょう》した。シャーロットは父との別れを惜しんで抱《だ》き合った。

興奮しっぱなしだったオレリアンは疲《つか》れたらしく、帰りの馬車に乗り込むとすぐに眠《ねむ》ってしまった。

御者席にシャーロットと並んで座ったシモンは、楽しそうなシャーロットの横顔を見てすぐに視線を戻した。今日の半日でますますシャーロットに心を奪われてしまって、自分の気持ちを持て余している。

（こんなにあっさり誰かを好きになるなんて）

自分の心の変化に戸惑いながらも、やっと女性を見ると嫌悪感が湧くという心の呪縛《じゅばく》から自由になれたことを喜ぶ自分がいる。

お城に到着し、シャーロットはシモンに頭を下げた。

「シモン様、今日は護衛役お疲れさまでした」

「いや、俺は特に何もしてないさ。むしろ楽しませてもらったよ。君の父上に感謝していると伝えてくれ」

「はい！」

お辞儀《じぎ》をして立ち去るシャーロットの後ろ姿を眺めながら、シモンは（俺の気持ちを伝えてみよう。まずはそこからだ）と決意した。馬車の中で熟睡《じゅくすい》しているオレリアンは声をかけても目を覚まさない。仕方なくオレリアンを抱き上げて部屋まで運ぶことにした。

（寝ていると天使みたいに可愛いんだよな）

シモンは笑いながらオレリアンを部屋まで運んだ。

エピローグ

王妃の決意

イノシシの柔らかい炙り焼きの肉は、シモンが城に持ち帰った。

（おそらく王家の食卓《しょくたく》には出されないだろう）

シモンは白鷹隊の仲間に渡そうと考えていたのだが、オレリアンは「父上と母上にも食べさせたい！　オリヴィエとアデルにも！」と言い張る。

迷った末にシモンは肉塊《にくかい》を手に王の執務《しつむ》室《しつ》を訪《おとず》れた。

「どうしたシモン。オレリアンも一緒《いっしょ》か」

「父上！　素晴《すば》らしく美味しい肉ですよ！　シャーロットの父が焼いてくれたのです」

「殿下がどうしても陛下にとおっしゃるのですが、いかがなさいますか」

壁際にいた侍従《じじゅう》がスッとシモンに視線を送る。シモンは男にうなずいた。

「大丈夫だよ、アンリ。僕が毒味をしたし、たっぷり食べたが問題ない」

アンリと呼ばれた侍従は、それでも眉間《みけん》にうっすらシワを作っていた。

「父上？」

楽しかった見学の余韻《よいん》で瞳《ひとみ》をキラキラさせているオレリアンを見て、国王は（食べないという選択肢《せんたくし》はなさそうだ）と笑った。

「父上、少し温めるともっと美味しくなるとシャーロットの父が言っていましたよ！」

「そうか、では温めてもらおうか」

「陛下……」

「大丈夫だ」

「ですが」

父と侍従のやり取りを聞いていたオレリアンが癇癪《かんしゃく》を起こした。

「もういいです！　僕が全部食べますから！　みんなに喜んで欲《ほ》しかったのに！」

「殿下……」

「アンリの意地悪！　もういい！　全部僕が食べる！」

「わかったわかった。オレリアン、お前はたくさん食べてきたのだろう？　父の楽しみを奪わないでおくれ。父も食べてみたい」

「父上がそんなに食べたいのなら、僕はまあ、いいですけど」

そんなやり取りがあって、イノシシの炙り焼きは温められ、毒味をされたあとで上品に少量を盛り付けられた。長時間煮込んだかのように柔らかいイノシシは臭《くさ》みもなく、王家の皆が喜んで食べた。

オレリアンがこの肉はどこでどんなふうに焼かれていたかを得意げに説明し、シャーロットが笛を吹いたら刺繍《ししゅう》と同じ小鳥がやって来たこと、自分の肩に止まって歌を歌ってくれたこと、リスが隠《かく》しておいたクルミをシャーロットが高い木の枝から取ってくれたことを話し続けた。

四歳《さい》のアデル王女は目を丸くして感心しながら兄の話を聞いているのだが、面白《おもしろ》くないのは六歳のオリヴィエ王女だ。

(なぜ自分はそこに連れて行ってもらえなかったのか。自分だって刺繍そっくりの小鳥を肩に乗せたかった)と泣きたいような腹立たしいような気持ちで話を聞いている。

その様子に気づいたクリスティナ王妃が柔らかな声音《こわね》で娘《むすめ》に話しかけた。

「オリヴィエも本物の小鳥を見たかったわね?」

「はい、お母様。とてもとても見たかったです」

「その侍女《じじょ》はいろんなことを知っているようだから、今度その侍女を呼んで森のお話をしてもらいましょうか。新しい刺繍を頼《たの》んでみるのもいいかもしれないわ」

「お母様、本当ですか?　いつですか?」

「明日のお茶の時間にシャーロットを呼びましょう」

オリヴィエは大喜びだ。

だが「え？」という顔をしているのはエリオット国王。

「クリスティナ……」

「話を聞くだけです、陛下。下級侍女に森の話をさせるだけですわ。私たちの周りにいるのは身分の高い者ばかり。民の真《まこと》の暮らしを知っている者と触《ふ》れ合うことも、この子たちには必要ですもの。聞いてみたいわよね？　オリヴィエ。あなたもそう思うでしょう？」

「はいっ！　お母様」

王妃が国王にシャーロットの秘密を伝えてしばらく経《た》つ。

だがいまだに何も方針を聞かされていない。

（陛下は慎重《しんちょう》で聡明《そうめい》な方。国と国民のことを第一に考えていらっしゃる。けれど、産む前から我《わ》が子《こ》を他人に託《たく》さざるを得なかった母親の気持ちは、きっと芯《しん》のところでおわかりにならないのだわ）

クリスティナ王妃は、少しの諦《あきら》めとジリジリする思いで過ごしていた。

王妃は（具体的な手立てては時間をかけて考えるにしても、まずはその娘に会って『私たちは味方だ、見捨てはしない』と伝えてやりたい）と思っていた。

そんな時にオレリアンのこの話題だ。

オリヴィエの悔《くや》しさいっぱいの顔を見ているうちに、とある考えが思いついた。

シャーロットを子どもたちの近くに置けば、常に護衛も近くにいる。身の安全は確保してやれるし、王族の近くにいるということは城の奥深《おくふか》くで過ごすことだ。

下級侍女として働いているよりも人の目にも触れる機会が減る。

聡明な王妃はそう考えた。

自分を咎《とが》めるような眼差《まなざ》しでチラリと国王が見たことは承知の上だ。

（シャーロットと子どもたちを会わせよう、子どもたちが懐《なつ》いたらそれなりの役職を与《あた》えて近くに置こう）

王妃は決意した。今までなら決してこんな勝手なことはしなかった。いつでも夫の意見を確認《かくにん》してから動くようにしてきた。

（だけど、今回は別）

クリスティナ王妃の実家は何代にもわたって司教や司祭を輩出《はいしゅつ》している家柄《いえがら》だ。

王太子妃《ひ》に選ばれたのも侯爵《こうしゃく》家の娘という家柄と、この国の宗教の中枢《ちゅうすう》に影響力《えいきょうりょく》を持っている家柄であることから決まった面もある。

それは王妃も十分わかっていた。

クリスティナは幼い頃から『神の御前《おんまえ》に出た時に恥《は》ずかしくない生き方をしなさい』と

言われて育った。『弱き者、困難に直面している者に救いの手を差し伸べることこそ我々の役目』とも。

（今がその時）

クリスティナはそう確信した。

（今、動かなかったら、私は神の庭に立った時、自分の人生を恥じることになる）と考えていた。

番外編

青い目のトカゲ

四歳のアデル王女は、独特な感性の持ち主だ。小鳥や花、昆虫《こんちゅう》も好きだが、最近の一番のお気に入りは、四阿《あずまや》の周囲の植《う》え込《こ》みに住んでいるトカゲだ。『ガルシア』と名前をつけて毎日一回は四阿まで会いに行く。

その日、シャーロットが衣装《いしょう》部のおつかいでお城の庭を歩いていると、見覚えのある女性が自分を見て手を振っているのに気づいた。

「あの方はたしか、アデル殿下《でんか》のおつきの方だわ」

早足で女性のところに向かうと、「アデル殿下がお呼びです」と言う。

優先順位は断然こちらなので、買い物は後にしておつきの女性について進んだ。

四阿には愛らしい淡《あわ》いピンクのドレスを着たアデルがちょこんとベンチに腰《こし》かけて待っていた。

「お待たせいたしました」

「シャーロットはトカゲ、好き？」

「トカゲ……はい。好きです」

「よかった。マリーはガルシアが嫌いなの」

「いえ、殿下、私はガルシアが嫌いなのではなく、少々怖《こわ》いだけです。シャーロット、ガルシアはトカゲの名前です」

「トカゲの名前ですか。承知しました」

「シャーロット、トカゲの刺繍、作れる？」

シャーロットは少し考えた。トカゲの刺繍をしたことはないが、森の家の周囲にはトカゲが何匹《なんびき》も住んでいた。動きも形も思い出せる。

（トカゲは色合いが地味だけど、あれでいいのかしら）と、迷った。

「アデル殿下、本物のトカゲは茶色ですけれど、色はどうなさいますか？　きれいな色のトカゲにもできますが」

「きれいな色？　何色のトカゲにするの？」

「殿下のお好きな色のトカゲにいたしますので、何色でもおっしゃってください」

「じゃあ、赤と、青と、黄色と、緑のトカゲがいいの。きれいなトカゲ」

「一色のトカゲを四匹でございますか？　四色のトカゲを一匹でしょうか？」

「んん？　わかんない」

おつきの女性がすばやく解説してくれる。

「殿下は四色のトカゲを一匹ご希望です」

「かしこまりました。なるべく早く仕上げますので、少々お待ちくださいませ」

「はぁい」

お辞儀をして四阿を離れ、買い物に出かけた。

衣装部で頼まれた色の縫《ぬ》い糸《いと》を買い、それから迷ってビーズのコーナーを見た。

「トカゲの目玉は、刺繍ではなくてビーズがいいかしら。背中の柄用に一番小さな色ガラスのビーズを縫い付けても華《はな》やかでいいかも」

シャーロットはあれこれ思いつくものを買い込んで衣装部に戻《もど》った。ルーシーの許可を得ていないので、一応ビーズは自分のお金で買った。

「ただいま戻りました。ルーシーさん、アデル殿下から新しく刺繍を頼まれました」

「今度はなんの刺繍なの？」

「トカゲです。色鮮《いろあざ》やかなトカゲをお望みでした」

「ほう。トカゲ。いいわね。シャーロットはトカゲの意味を知っている？」

「トカゲの意味、ですか。いいえ」

「そう、じゃあこれを読んでおくといいわ」

渡された本は『モチーフの意味と歴史』というタイトルだ。

「トカゲにはいろいろな意味があるの。トカゲは自ら尻尾《しっぽ》を切っても再び生えることから『不死』『再生』の意味があるわ。『大願成就《だいがんじょうじゅ》』や『知恵《ちえ》』という意味もあるわね。どれもいい意味だから、そういう願いを込めてアクセサリーにしたり置き物を贈《おく》ったりするのよ」

「そんなにいろいろな意味があったのですね」

感心したシャーロットは俄然《がぜん》やる気になった。

「大きさと色はどうするの？」

「四歳の殿下が持ち歩かれるので、体長十五センチくらいにしようかと思っています。それで目はガラスのビーズにしようかと思います」

「大きさはそれでいいけれど、ガラスビーズはやめておいて。万が一殿下がお口に入れたら困るし、どこかにビーズをぶつけて割れても危ないわ」

「わかりました。では目も刺繍にいたします」

「デザイン画を描《えが》いて見せてちょうだい」

「はい」

デザイン画帳には、緑の体に赤と黄色と青色の小花模様のトカゲを描いた。目は深い赤の刺繍で描いた。

「ああ、いいわね。じゃあ、これで刺繍をしてちょうだい」

「はい」

衣装部の雑用係はいったんお休みにしてもらい、刺繍に専念した。最近は刺繍《ししゅう》を頻繁《ひんぱん》にしているので、小花柄《がら》のトカゲは三日で仕上がった。今回もそれを絹のハンカチに包んでルーシーがアデルの部屋まで届けた。

戻ってきたルーシーが言うには、アデルは大喜びで刺繍のトカゲにも『ガルシア』と名付けたとのこと。

「いい出来だったわ、シャーロット」

「お役に立ててよかったです」

その日の仕事を終えて自分の部屋に戻ったシャーロットは、小さな紙袋《かみぶくろ》の中からガラスビーズを手の上に並べて眺めた。

自分のお金で買ったガラスのビーズは、慎《つつ》ましい暮らしが身に沁《し》み込んでいるシャーロットにとって高価な品だ。できれば無駄にしたくない。

（これをどうしようか）

深い青色のガラスビーズを見ていたら、シモンの瞳を思い出した。

「トカゲの意味は不死、再生、大願成就、知恵。刺繍して渡しても失礼にはならないわよね？　でも、シモン様はトカゲを嫌いかも。聞いてからの方が安全かもしれないわね。うん、作るのは確かめてからにしましょう」

翌日、日の出の時間に素振《すぶ》りに行くと、いつものようにシモンもやってきた。

「おはよう、シャーロット。今日もよろしく頼む」

「おはようございます、シモン様。よろしくお願いします」

シャーロットとシモンはたっぷり一時間ほど木剣《ぼっけん》で打ち合いをした。

気持ちの良い汗《あせ》をかいて別れようとするときになって、シャーロットはさりげなくシモンに尋《たず》ねた。

「シモン様、トカゲはお好きですか？」

「トカゲ？　好きでも嫌いでもないが。なぜ？」

「アデル殿下にトカゲの刺繍を頼まれまして、思った以上に上手《うま》く作ることができたものですから……」

「うん、それで？」

「先日お使いに行ったときに、青いガラスを買い求めたのです。そのガラスビーズの色がシモン様の瞳の色に似ていたものですから……。トカゲの目にそのビーズを使った刺繍をしたら、受け取っていただけますか？」

「もちろんだ！　嬉しいよ！」

迷うことなくシモンが返事をした。一秒も間を置かずに返事をした声がまた、大きい。まだ使用人たちは寝ている時間なので、シャーロットは慌てた。

「あっ、はい。では刺繍のトカゲを作らせてくださいっ」

「ありがとう。ありがとう！　楽しみにしている」

「はい。ではしばらくお待ちください」

シャーロットはそう言って宿舎へと入って行った。それを見送ったシモンは笑顔で白鷹《はくたか》隊の寮《りょう》へ戻り、自分の部屋に入って汗だくの服を全部脱《ぬ》いだ。

腕《うで》、肩、腹、背中、尻《しり》、腿《もも》。全身に美しく筋肉がついている。剣《けん》の鍛錬《たんれん》でついた筋肉は汗で光っていて、身体を動かすたびにくっきりと盛り上がる。

「よしっ！」

濡《ぬ》らして絞《しぼ》った布で全身を拭《ふ》きながら、シモンは大声を出した。

汗を拭いてさっぱりしてから、壁にかかっている四角い鏡を見た。鏡に映っている自分と目が合う。鏡の中のシモンはにやけまくっていた。

「うわ、にやけている。こんな顔を白鷹隊の連中に見られたら、どれだけからかわれることか」

鏡を見ながら両手でパンッ！　と自分の顔を叩《たた》いて厳《いか》めしい顔を作った。

なぜこんなに喜んでいるかというと、貴族の嗜《たしな》みとして刺繍の柄の意味は叩き込まれていて、トカゲの意味を知っていたからだ。

「トカゲは不死と大願成就のシンボルだ。戦場に出向く恋人《こいびと》のために恋人がハンカチに刺繍するものだよな？　ハンカチではないけれど、意味は同じでは？」

白鷹隊に入ってから、シモンは今までたくさんの令嬢《れいじょう》に刺繍したハンカチを差し出されてきた。だが一度も受け取ったことはない。

ハンカチを渡そうとするのは貴族のご令嬢だったり、裕福《ゆうふく》な商家の娘だったりしたが、受け取れば「相手の想《おも》いを受け取った」という意味になる。厄介《やっかい》な事態になるのは少年時代に経験済みだ。しつこくまとわりつかれてしまうのだ。そうなれば、刺繍のハンカチを断るときの気まずさの何十倍も気まずい事態になる。

だがシャーロットが刺繍してくれるというなら話は別だ。シモンはその日が楽しみでならない。

その日何度か白鷹隊の仲間たちに「シモン、なにかいいことがあったのか？」と尋ねられるぐらい上機嫌《じょうきげん》で過ごした。

一方シャーロットは買ったガラスビーズが無駄《むだ》にならないことを喜んでいる。毎日仕事を終えると、ベッドの上で少しずつ刺繍した。同室のイリヤがそれを見て尋ねた。

「シャーロット、今度は何を刺繍しているの？」

「トカゲ。美しいトカゲっていうのも趣《おもむき》があっていいかなと思って。アデル殿下のご希望で作ったら、想像以上に素敵《すてき》な品になったのよ」

「うん？　じゃあそれは殿下の分じゃないのね。どなたの分？」

「これは……」

口ごもるシャーロットを見て、イリヤは俄然興味津々《がぜんきょうみしんしん》の顔になった。

「あら、男の人に渡すの？」

「そうだけど、イリヤが思っているような意味じゃないわ」

「じゃあ、どういう意味よ？」

「ガラスビーズを買ったの。それを見ていたら、同じ色の瞳の人を思い出したから、ちょうどいいかなって思っただけよ」

「ふううん。同じ色の瞳の人を思い出した、と。シャーロットもついにそんなことを思うようになったのね。私は嬉しい！」

イリヤが泣く真似《まね》をした。

「からかわないでよ。ただ色ガラスのビーズを無駄にしたくなかっただけなんだから」

「いいえ！　青いビーズを見て誰《だれ》かを思い出したから刺繍をするなんて、普通はしないわよ、面倒《めんどう》くさいもの。私ならしないわ。シャーロットはその人が気になっているってことよ」

話が思いがけない方向に進んでしまい、シャーロットは慌てた。これでは青い目のトカゲを見せたら「相手は青い瞳なのね！」と言われるだろう。青い瞳の男性はたくさんいるが、シモンだと知られるのは避《さ》けたい。

（あれ？　私はなんでシモン様だと知られたくないわけ？）

針を持つ手を止めて考えるが、答えが出ない。答えを出せないまま刺繍を続け、数日後には刺繍のトカゲが出来上がった。今回も厚紙を入れ、綿を入れてふっくらさせ、刺繍の周りの布は切り取った。

体長十センチほどのトカゲは、深い緑の体に一段明るい緑のまだら模様が描かれている。腹は白に近い淡い緑だ。

そして目は深い青色のガラスビーズ。

「可愛《かわい》い……」

手のひらに載せて顔を近づけて眺めた。

白鷹隊は王族を守るために剣で戦うのが仕事だ。危険と隣《とな》り合わせの仕事をするシモンを想像すると、胸がざわざわする。

「どうぞご無事で。お怪我《けが》をなさいませんように」

そう小声で手のひらの上のトカゲに話しかけた。

翌朝、木剣を持って夜明け少し前に外に出た。トカゲはハンカチに包んでポケットに入れてある。

「おはよう、シャーロット」

「おはようございます、シモン様。あの、これ」

剣を合わせる前にそう言ってポケットからトカゲを取り出し、ハンカチごと差し出した。

「できたの？　わ、これは……美しいな。今にも動き出しそうだ。そして確かに目の色が俺《おれ》と同じ色だ」

心から嬉しそうな表情のシモンを見て、シャーロットも嬉しくなる。父や母に贈り物をした時とは違《ちが》う嬉しさが、ひたひたと胸に湧《わ》き出てくるのを感じた。

「ありがとう、シャーロット。とても嬉しいよ。一生大切にする。ありがとう」

シモンはトカゲを大切そうに自分のハンカチに包んでベンチに置くと、シャーロットの手を両手で包んで力強く握《にぎ》って上下に小さく振《ふ》った。

「あっ、いえ。気に入っていただけてよかったです。そんなに喜んでいただけて、私も嬉しいです」

シャーロットを見つめるシモンの瞳には、はっきりと熱がこもっている。それに気づいたシャーロットの胸にも、小さな灯《ひ》がともった。

この青い目の美しいトカゲはその後、シモンが買い求めた革張《かわば》りの小箱の中に大切にしまわれ、宝物として丁重《ていちょう》に扱《あつか》われた。

シャーロットがシモンの部屋に招かれ、自分が刺繍したトカゲに再会する日が来るのだが、それはこの時から何年も先のことだ。

番外編

オレリアンとシャーロットと弓と馬

オレリアンが衣装部に遊びに来た。

オレリアンは息抜《いきぬ》きをしに遊びに来ているのだが、衣装部の人間にとっては迷惑《めいわく》だ。

だからルーシーは愛想《あいそ》笑《わら》いを最小限にしてオレリアンに尋ねる。

「殿下、本日はどのようなご用件でしょうか」

「用事はない。皆《みな》が働いている様子を見学に来ただけだ」

ルーシーは心の中でため息をつきながらも、上品な微笑《ほほえ》みを忘れない。

「では我々は仕事に戻ってもよろしゅうございますか？」

「かまわないよ。でも、ちょっとシャーロットを借りて出かけてもいいかな」

ルーシーはオレリアンに気づかれない程度にため息をついた。

「かしこまりました、殿下。シャーロット、殿下のお相手をするように」

命じられたシャーロットは情けない顔にならないよう、無表情を意識しながら衣装部の部屋を出た。

部屋を出たオレリアンはご機嫌《きげん》で、斜《なな》め後《うし》ろを歩くシャーロットに顔を向けて話しかけた。

「シャーロットは前に森の暮らしを話してくれたとき、馬の扱いに慣れていると言っていただろう？　今日は僕《ぼく》の馬術の練習に付き合ってよ。できればシャーロットの技を見せてほしいんだ」

「技、でございますか……」

「ほら、馬を走らせながら矢を射る話をしてくれただろう？」

シャーロットはそこでやっと、自分が何を望まれているのか理解した。

森ではなく草原でウサギを狩《か》るとき、『馬を走らせながら矢を射ることもあった』と、自分が王子王女に話したことを思い出した。

（でも弓矢はどうすれば？）

事情が今ひとつ理解できないまま馬場に到着《とうちゃく》し、管理係の長が慌《あわ》てて飛び出してきた。かしこまっている男性に、オレリアンが気さくに声をかける。

「やあ、ジェームズ。馬に乗りに来たよ」

「オレリアン殿下、いらっしゃいませ。乗馬でございますね。ただいますぐ、殿下の愛馬を用意いたします」

「うん、僕の黒風《くろかぜ》もだけど、シャーロットにも馬を用意させて」

「は、い？」

馬場の管理責任者ジェームズはシャーロットを見て「この侍女に？」と言う顔をした。

「殿下、ここで、ドレス姿で、でしょうか？」

「そんなことはさせないよ。安心して。あ、来た来た。シモン！　こっちだ！」

馬場の反対側からシモンが荷物を抱《かか》えて走ってくる。

シャーロットは（さすが白鷹隊。走る姿も美しいわね）と感心していると、たいして息も乱さずに駆《か》け付けたシモンが眉間にシワを寄せている。だがシャーロットをチラリと見ると、その瞬間《しゅんかん》だけ眉間のシワが消えて笑顔《えがお》になった。

シモンはもう一度怖い顔を作ってオレリアンに話しかけた。

「殿下、白鷹隊は王族の皆さまをお守りするのが仕事であってですね……」

「わかっている。それよりシモン、頼んだ物はちゃんと持ってきてくれた？　シャーロットが着る乗馬服と短弓《たんきゅう》だよ？　これからシャーロットに、馬を走らせながら矢を射るところを見せてもらうんだ」

「えっ！」

思わず驚《おどろ》きの声を出したシモンの目に、期待が満ちている。それに気がついて、シャーロットは大いに慌てた。

「殿下、しばらくやっておりませんし、馬も初めて乗る馬ですし、短弓も自分のではありませんから、成功するかどうかわかりません！」

焦《あせ》るシャーロットを見て、オレリアンが鷹揚《おうよう》にうなずいた。

「うん、それはわかっているよ。さあ、シモンが持ってきた乗馬服に着替《きか》えてね。シモン、サイズは合っているんだろうね？」

「と、思います。ただ、借りられる乗馬服は男性用しかありませんでしたので、それは我《が》慢《まん》していただくしかありません」

そう言ってシモンが差し出した乗馬服を受け取り、シャーロットは（これはもう、やるしかない）と腹をくくった。

「着替《きが》えはあちらで。俺がドアの外で見張りに立ちますので、安心してください」

シモンが同行し、馬場に併設《へいせつ》されている建物の厩務員室《きゅうむいん》で着替えた。サイズはぴったり。シモンが自分のサイズを正確に把握《はあく》していることに驚きながら着替え、部屋から出た。

「短弓と矢筒《やづつ》をお借りします」

シモンから矢筒を受け取って背中に背負って革紐《かわひも》を結ぶ。

短弓を受け取り、弦《げん》の張り具合を指で確かめながらオレリアンのところに急いだ。すでに馬が三頭厩舎《きゅうしゃ》から引き出されている。

オレリアンの愛馬黒風の隣《となり》には大人しそうな栗毛《くりげ》の牝馬《ひんば》、その隣には真っ白な大柄《おおがら》の牡《ぼ》馬《ば》が並んでいた。

「シモン様も馬に乗る、ということですね？」

「そのようですね。まあ、俺は大丈夫《だいじょうぶ》ですが。シャーロットは馬には……問題なく乗れそうだね」

「そうですが、久しぶりですからどうでしょう」

もはやあきらめの境地でシャーロットが苦笑《くしょう》しながらオレリアンの前に立つと、オレリアンは本当に嬉《うれ》しそうな笑顔になった。

「まずは三人で一緒に走らせようよ。王子として乗馬も大切なことだ！　いいだろう？」

最後の『いいだろう？』の部分だけは八歳の少年らしいおねだりの可愛い顔になった。

シモンが「仕方ありませんね」と笑いながらオレリアンの補助を務め、馬に乗せた。

オレリアンに続いてシモンが馬に乗り、シャーロットも短弓を片手に持ったまま馬に乗る。三頭でゆったりと走り出し、馬場を三周。的が置かれていない。シャーロットは（どこを狙《ねら》えばいいのかしら）と思いながら走らせていたら、シモンが察してオレリアンに声をかけてくれた。

「殿下、弓の的はどうしますか」

「それはもう用意してある。あれだ」

オレリアンが三十メートルほど先のニレの木を指差した。

よく見ると、小ぶりな四角い板が幹に縛《しば》り付けてある。思ったより馬場の柵《さく》から遠く、板は小さい。シモンが首を傾《かし》げた。

「あれですか？　またずいぶん遠くて小さい的ですね」

「シャーロットなら大丈夫だよ。ね？　シャーロット」

真面目なシャーロットは（そんなに信頼《しんらい》されては、なんとしても的に当てなければ）と本気で思う。

「殿下、ではこの子を走らせながら何度か試《ため》してもよろしいでしょうか？」

「もちろんだよ」

「殿下、この子の名前をご存知《ぞんじ》ですか？」

「その馬はデージーだよ」

「わかりました。では、失礼します。デージー、行くわよ」

オレリアンとシモンが見守る中、シャーロットは馬場の柵に沿って左回りにデージーを走らせ始めた。次第《しだい》に速度を上げ、一周して的に近づくころにはデージーは全速力で走っている。

（あの速さで？）と驚くシモンが見守る中、シャーロットは手綱《たづな》から両手を放し、馬上でバランスを取りつつ背中の矢筒から一本の矢を引き抜《ぬ》き弓を構えた。

ヒュンッ！　ターン！

「うわ！　最初から当てましたね！」

「うん、こうなると思った」

驚くシモンとなぜか自慢《じまん》げな顔のオレリアン。

シャーロットはそのまま馬場を一周し、いったん馬の速度を緩《ゆる》める。だが今回も的に近づくにつれてデージーの速度を上げた。

（的を狙うのになぜわざわざ速度を上げるんだ？）とシモンが不思議に思いながら見ていると、今回も流れるような美しい動作で矢を背後から引き抜き、素早《すばや》く放つ。

ヒュンッ！　ターン！

今度は四角い板の、中心部に矢が刺《さ》さった。刺さった矢を見つめたまま、オレリアンがシモンに話しかけた。

「ねえ、シモン、シャーロットの弓矢の腕前《うでまえ》って、すごいんだろう？」

「はい。感動するレベルですね。弓兵でもあの速度であの小さな的の真ん中に当てられる者がどれだけいるか」

「シモンより上？」

「殿下、その答えは保留とさせていただきます」

「ずるいなぁ！」

二人が笑いながらしゃべっていると、シャーロットは三本目の弓矢も的に当て、デージーに乗ってゆっくりと近づいてきた。その笑顔が輝《かがや》くように美しく、シモンはオレリアンの前なのに目を奪《うば》われてしまう。

「幸い、まだ弓の腕は鈍《にぶ》っておりませんでした」

シャーロットが嬉しそうに報告しているとき、大きな蜂《はち》が三頭の馬の近くを横切った。蜂の羽音に黒風が敏感《びんかん》に反応し、ブルルルと鼻を鳴らして首を左右に激しく振った。

「あっ！」

オレリアンが慌てて手綱を強く引っぱるのと、蜂が攻撃《こうげき》されたと判断して黒風の顔を刺したのがほぼ同時。黒風はオレリアンを乗せたまま走り出した。

「殿下っ！」

シモンとシャーロットが同時に馬を走らせた。

興奮し、暴走している黒風の左側をシャーロットが並走《へいそう》し、オレリアンに手を伸《の》ばす。

シモンは黒風の前に回り込んだ。黒風が衝突《しょうとつ》を避けようとして速度を緩めた瞬間に、シモンがひらりと黒風に飛び乗り、ずり落ちかけたオレリアンの腕をシャーロットがつかんで支えた。

「大丈夫だ、黒風。痛かったな。よしよし。落ち着け。もう大丈夫だ」

シモンは優《やさ》しく声をかけ続け、黒風は少しずつ落ち着いていく。

シャーロットはデージーを止まらせ、抱《だ》きしめていたオレリアンを地面に下ろした。

「お怪我はありませんか？」

「大丈夫だ。ありがとう」

普段《ふだん》はやんちゃなオレリアンの顔が真っ白で硬《かた》い。シャーロットは思わずオレリアンをそっと抱きしめてしまう。シャーロットの腕の中で、オレリアンはガタガタと震《ふる》えていた。

「殿下、大丈夫です。黒風は蜂に刺されて慌てただけです。こんなことはやたらには起きません。私は一度も経験がありません。どうか黒風を怖がらないでやってください」

「そうなの？　やたらには起きないことなの？」

「ええ。馬は優しい動物です。蜂は自分が攻撃されて殺されるのかと怯《おび》えたから刺したのです。蜂も黒風も、ただ自分の命を守りたくて動いただけです」

「そうか。うん、そうだね。僕はもう少しで黒風のことを嫌《きら》いになるところだった。ありがとう、シャーロット」

シモンも馬から降りて二頭の馬を引き連れながら戻ってきた。

「殿下、お怪我がなかったようで、安心しました。どうか黒風を悪く思わないでください。黒風は痛みに驚いただけで、殿下に対して攻撃的《こうげきてき》な態度を取ったわけではないのです」

「うん、今、シャーロットにも同じことを言われたところだ」

「そうでしたか」

シモンがシャーロットを見てにっこりと笑う。

「馬が暴走することは、まれにあります。殿下のお立場なら、怪我をしない程度に経験しておいて損はありません」

「うん。そうだな。一瞬《いっしゅん》、黒風のことを嫌いになりそうだったけど、黒風は悪くない。僕が手綱を思い切り強く引っ張ってしまったんだ。ごめんよ、黒風」

オレリアンはそう言って黒風の顔にそっと触れた。

「黒風に痛み止めを塗《ぬ》ってあげたいので、ちょっとお待ちくださいませ」

シャーロットは馬場の周囲の草むらに行き、少し探してから草を何本か抜いてきた。

「痛み止め、かゆみ止めの草です。強い効果はありませんが、塗らないよりはましです」

そう言って草をよく揉《も》み、汁《しる》を手のひらに絞り、緑色の汁を黒風の顔に擦《す》り込んだ。

「ねえ、シャーロット、またこうして僕の相手をしてくれるかい？　そして僕に、馬のこと、弓矢のこと、痛み止めの草のことを教えてくれるかい？」

シャーロットは困った顔をして即答《そくとう》を避けた。

「殿下、シャーロットは衣装部の人間です。困らせてはいけませんよ」

「そうか。そうだったな」

オレリアンもさすがにそれはわかっていたから、それ以上の無理は言わなかった。

だが、王妃《おうひ》の指示でシャーロットが王子王女の近くに控《ひか》える日々は、近い。

一方で、シャーロットの弓の腕前が弓兵たちの間で噂《うわさ》になった。

厩舎からオレリアンの乗馬を見守っていた厩務員たちが、シャーロットの腕前を弓兵に何気なく話したのがきっかけだ。

「すんごい美人の侍女《じじょ》が、弓の腕前もこれまたすごいらしい」

シャーロットは噂を知ることもなく淡々《たんたん》と城仕えを続けていたが、彼女《かのじょ》が美貌《びぼう》以外でも注目されてしまったことで、シモンは毎日モヤモヤしている。

あとがき

本書をお手に取ってくださった皆様へ。

たくさんの本の中から、『シャーロット』を選んでいただき、誠にありがとうございます。

この物語は「もし森の中にすごい美人がいて、美しさを褒められることなく育ち、自分も我が身の美しさに気づいていなくて、心も清くて、武術の腕前と淑女の嗜みを全部身につけている女の子がいたら、どんな人生かな」と思ったところからこの話が生まれました。

シャーロットの親はどんな人？　この子を育てたのは？　と、次々とシャーロットの世界を思い浮かべました。

美しい娘という一滴の水が紙に落ちて、それが周りに染み込んで広がっていくように、彼女の生い立ち、彼女の両親の話、育ての親の話、初めて心を動かされる男性の話、職場の仲間と上司……と世界が広がっていきます。

『シャーロット』は物語を紡ぐ楽しさを存分に味わいながら書きました。

私は「素敵な男性に愛されて結婚して終わり」ではなく、主人公の女性が努力を積み重ね、自らの手で幸せをつかむ話が大好きです。そんな女性の話ばかりを書いています。シャーロットも自分の人生の舵取りを誰かに丸投げしたりはしない、そんな強くたくましい女性たちの一人です。

気が強くて負けず嫌いのオリヴィエ。おっとりしているように見えてしっかり者のアデル。自分の仕事に誇りと責任を持って働いている上司たち。シャーロットを育て上げた母。他にも魅力的な女性たちがたくさん出てきます。

この物語は一人の美しい女性の人生を綴ったお話であると同時に、シャーロットの世界を作り上げている強い女性たちの物語でもあります。

現実の世界に疲れた時、後ろ向きな気分の時、どうぞいつでもシャーロットの世界の女性たちから勇気と元気を受け取ってください。

彼女たちは今日も、あの世界で笑い、泣き、誰かに「困ったときはお互い様よ」と言って手を差し伸べながら生きています。

守雨《しゅう》

親睦の祝宴をきっかけに、ついに森辺の若者たちが
ユーミ主催で宿場町に降りることに。これまで以上の交流を
深める場では、街中を案内されたり森辺にはない
様々な遊戯を学んだりと、まだまだアスタたちの知らない事ばかり。
そうして、両者の繋がりが深まったタイミングで、
一年ぶりの家長会議が開かれて――

Author EDA

Illust. こちも

異世界料理道 VOLUME 33

Cooking with wild game.

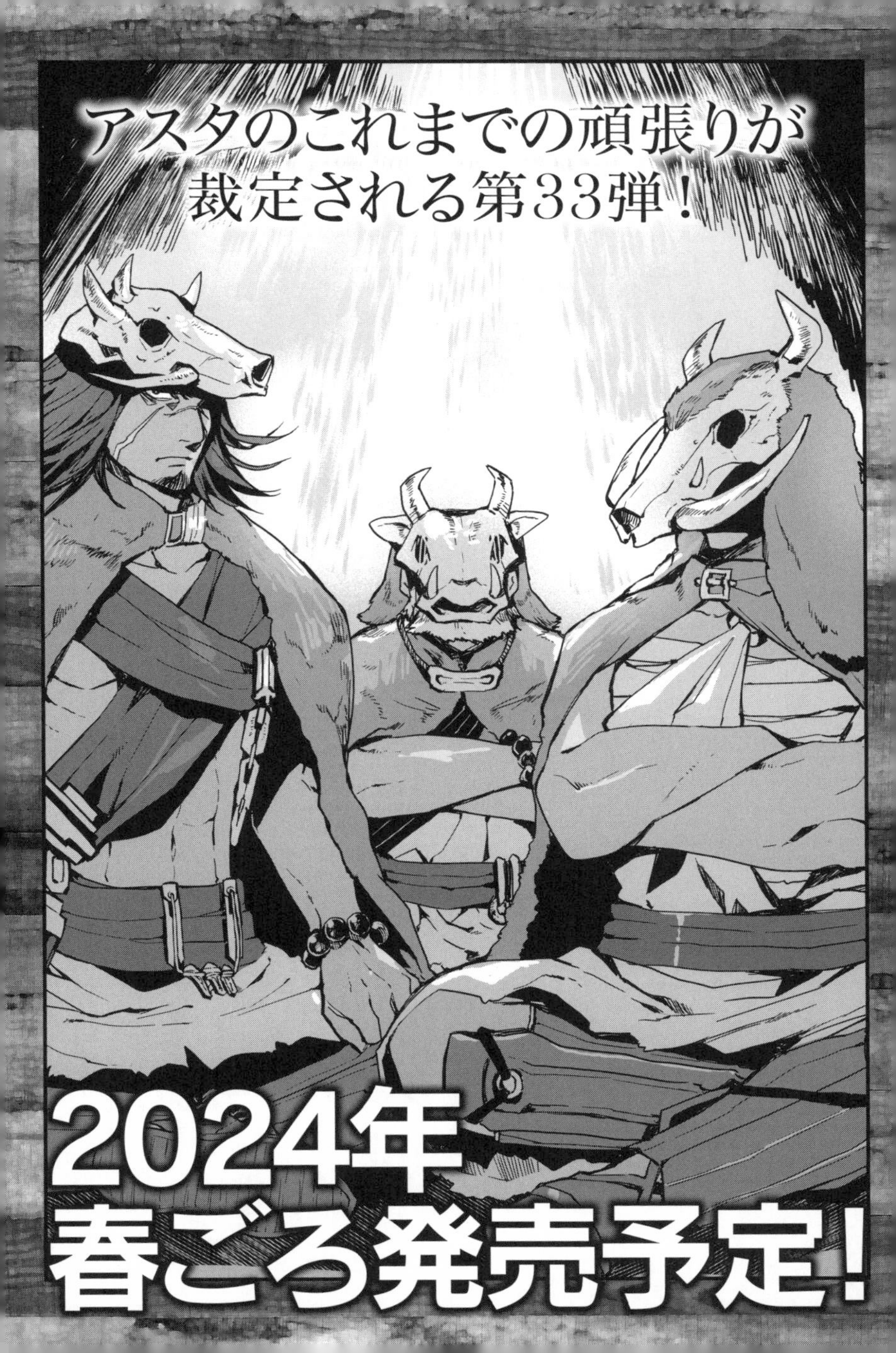
アスタのこれまでの頑張りが
裁定される第33弾！
2024年
春ごろ発売予定！

コミカライズ版
ブチ切れ令嬢は報復を誓いました。
―魔導書の力で祖国を叩き潰します―
漫画　おおのいも
原作　はぐれメタボ
キャラクター原案　昌未
HJ COMICS
コミックス
1～3巻
大好評発売中!!
『コミックファイア』にて
大好評連載中!!
https://firecross.jp/comic

次巻予告
雷龍の角を武器に加工するため
エリーはドワーフの街へ！
大逆転
復讐ざまぁファンタジー、
第6弾!!
ブチ切れ令嬢は報復を誓いました。
The Furious Princess
Decided to Take Revenge
―魔導書の力で祖国を叩き潰します―
6
2024年発売予定!!

邪神の使徒たちの動きに
後手に回っていた冬夜たちだが、
ついに方舟の位置を捕えることに成功した。
フォンとともに。30
2024年春頃発売予定！

ここから反撃開始の
強襲作戦が始動する——!!
異世界はスマート
冬原パトラ
illustration■兎塚エイジ

HJ NOVELS
HJN83-01

シャーロット 上
～とある侍女の城仕え物語～

2024年3月19日　初版発行

著者――守雨

発行者―松下大介
発行所―株式会社ホビージャパン
〒151-0053
東京都渋谷区代々木2-15-8
電話　03(5304)7604（編集）
　　　03(5304)9112（営業）

印刷所――大日本印刷株式会社

装丁―― AFTERGLOW／株式会社エストール

Printed in Japan

ISBN978-4-7986-3464-7　C0076

ファンレター、作品のご感想お待ちしております
〒151−0053　東京都渋谷区代々木2−15−8
(株)ホビージャパン HJノベルス編集部 気付
守雨 先生／月戸 先生